Blodspengar – Cecilia Bielke

Boken är skriven under pseudonymen Cecilia Bielke. Vem Cecilia är känner endast Erik Ferry samt närmast anhöriga till. Författaren vill inte att hens identitet efterforskas.
Om något förlag är intresserat av att ge ut boken, eller om någon läsare har frågor får ni gärna höra av er till: ceciliabielke@outlook.com **eller** erikferry@hotmail.com.
Om du tycker att boken är bra och att det ska ges ut en uppföljare får du gärna swisha till 0703-028862
Copyright © Cecilia Bielke
Förlag: BoD – Books on Demand, Stockholm, Sverige
Tryck: BoD – Books on Demand, Norderstedt, Tyskland
ISBN: 978-91-7699-345-3

Tillägnas
Mina två barn
samt
"Den ljuvliga"

Det här är en sann berättelse. Några namn och samtal har dock ändrats för att skydda de inblandade personerna, om något namn eller karaktärsdrag råkar överensstämma med någon annan existerande person är det helt slumpmässigt. Jag vill tacka Erik Ferry för att du hjälpt mig med allt det praktiska kring bokutgivning, ett flertal omläsningar och allmänt stöd. Utan dig hade boken varken blivit färdigskriven eller utgiven. Sedan vill jag tacka mina närmaste som stått ut med mig under tiden jag arbetat om boken gång på gång. Ni vet vilka ni är.

Önskar er alla en trevlig läsning!
/Cecilia Bielke

Inledning

Han kämpade för sitt liv. Alla hans krafter gick till att få ned luft i lungorna men det var helt stopp. Det började svartna för ögonen. Han bestämde sig, han skulle inte dö. Med sina sista krafter lyckades han lyfta tyngden från halsen, han fick in ett andetag men luften han drog ned blandades med blod och brosk. Trots det fortsatte han dra in så mycket luft det bara gick. Men luftrören reagerade på blodet, han började hosta, det gick inte att kämpa emot. Samtidigt som han hostade så pressades tyngden ner över halsen igen, han försökte återigen mobilisera krafter men det gick inte. När det återigen började svartna för ögonen flög tankarna iväg. Minnesbilder från ett helt liv flöt ihop före allt blev mörkt.

Kapitel 1
Tisdag 7:e april

Cecilia upprepade det ambulansföraren nyss berättat för henne. Om några minuter inkommer ambulansen med en medelålders man som har varit med om ett allvarligt trauma frontalt halsregionen. Hittad av anhörig för femton minuter sedan, oklart när själva traumat hände. Ambulanspersonal kunde inte palpera puls och har därför startat hjärtlungräddning på plats. Som ni förstår är detta rödprioriterad patient. Det låg en spänd förväntan i rummet. Alla stod på sina platser och väntade. Även om Cecilia hade arbetat inom akutsjukvården I över tjugo år så kände hon obehag. Det var en sak när åttiofemåringar som var multisjuka tillslut somnade in på småtimmarna, men en medelålders patient betydde att det var någon i hennes egen ålder. Att livet var orättvist fick man fick lära sig på sjukhus, det blev aldrig tydligare än när någon ung frisk person dog efter en olycka. Cecilia tittade sig omkring i rummet och såg att hennes ord hade sjunkit in hos resten av personalen. Alla i akutrummet förstod av Cecilias korta fallbeskrivning att prognosen var dålig. Men deras jobb var att ta vara på det lilla hopp som fanns och sedan maximera chanserna för patienten att överleva. Cecilia stängde ögonlocken och gick in i sin bubbla. Hon visualiserade rummet framför sig, gick igenom steg för steg hur hon skulle agera.

— Före de anländer hinner vi gå igenom checklistan. Jag är traumaledare och heter Cecilia, jag kommer att ha huvudansvaret för traumat och det är jag som ytterst fattar besluten. Jag berättade nyligen om patienten.

Hon tittade menande på narkosläkaren som stod vid huvudänden av britsen.

— Jag heter Erik och är narkosläkare, jag kommer att ansvara primärt för luftvägarna

- Jag heter Petra och är sjuksköterska nummer ett, primärt ansvar för infarter
- Jag heter Jakob och är sjuksköterska nummer två, ansvarar för EKG och provtagning
- Jag heter Mikael och är undersköterska, jag ansvarar för journalskrivning och tidtagning
- Jag heder Josefin och är röntgensköterska, jag ansvarar för eventuell röntgen på akutrummet

Cecilia gick igenom fallet igen och förklarade att hon skulle handlägga enligt avancerat traumaomhändertagande i form av ATLS.

- Ambulansen svänger in i ambulanshallen nu, sa Petra

Cecilia stod trots det kvar i akutrummet, det gällde att göra allting i rätt ordning. Före alla undersökningar och kunde göras var patienten tvungen att transporteras in till akutrummet där rätt utrustning fanns. Därför var det två sjuksköterskor och en undersköterska som mötte ambulansen och flyttade över patienten till en akutbår. Det ingick i rutinen att ingen läkare mötte patienten initialt, detta för att läkarens arbete började på akutrummet. Rätt person på rätt plats. Trots att Cecilia visste att hon skulle fördröja handläggningen om hon gick ut så fick hon kämpa för att inte springa ut och möta ambulansen. Alla i rummet var tysta och lyssnade på det taktfasta ljudet från ambulanshallen, hjärtlungräddningsmaskinen var igång, den pressade ner bröstkorgen sextio gånger per minut vilket gjorde att luften trycktes ut ur patientens lungor, sedan när tryckte släpptes så flödade ny luft in i lungorna. Om patienten levde när han lades i hjärtlungmaskinen så har vi en chans, tänkte Cecilia. Ljuden ökade, akutbåren svängde runt hörnet.

- Erik undersöker luftvägarna, jag undersöker lungor, jag vill ha två grova infarter och sätt en liter Ringeracetetat direkt, sa Cecilia med kraftig stämma

Narkosläkaren Erik stod vid huvudändan och tittade ner i patientens mun.

– Blod i munnen, måste suga

Erik fick en sug i handen och sög bort det värsta blodet.

– Just nu fri luftväg men ostabil, måste intubera direkt. Kan inte fria nacken varför halskragen måste vara kvar

Under tiden som Erik undersökte munnen och nacken så lyssnade Cecilia på andningsljud. Det tog tid före hon kunde urskilja andningsljuden från de mekaniska ljuden.

– Rena andningsljud vänster sida, nedsatta höger sida, sa Cecilia

För den som inte var insatt var det svårt att hänga med i det till synes kaosartade arbetet. Men personalen följde ett tydligt schema, säkrade luftvägar, undersökte lungor, satte nålar för att kunna få in läkemedel i blodomloppet. Allt gjordes i rätt ordning för att öka patientens chanser att överleva. Erik lyckades intubera patienten på första försöket, trots att nacken var fixerad i en halskrage.

– A är färdigt, sa Erik med hög stämma

Cecilia lyssnade på lungorna återigen.

– Rena andningsljud över hela lungfälten på båda sidor, B är klart. Går vidare till cirkulation

Cecilia lyssnade på hjärtat, kände pulsar på hals, handleder och ljumskar.

– Inga hjärtljud, svaga pulsar Femoralis, dessa troligen sekundärt till att hjärtlungmaskinen pressar runt blodet

– Blodtryck 50 över 30, sa Jakob

– Häng en liter Ringer på andra armen också, ge en halvliter bolus och beställ tre enheter nollnegativt blod

– Jag hänger Ringer och beställer blod, svarade Jakob

Under tiden hade Petra satt klart EKG som mätte elektriciteten genom hjärtat. När EKG-kurvan kom upp på skärmen visade den det Cecilia hade befarat, det fanns ingen aktivitet alls. "Fan, fan, fan", tänkte hon.

–   Fortsätter med HLR. Ge ett milligram Adrenalin iv. Öka flödeshastigheten på syrgas till ett hundra procent. Upprepa Adrenalin var fjärde minut

Cecilia tog ett steg bakåt och funderade. Patienten fick in luft i lungorna men hjärtat slog inte. Det var allvarlig krosskada på halsen, det var den rimliga orsaken till hjärtproblemet, men det gick inte att utesluta att det var något annat som orsakade besvären. Hon undersökte med ultraljud enligt traumaalgoritmen e-FAST vilket innebar att hon tittade igenom lungor, tre delar av buken och hjärta. Hon såg inga skador på något organ, men hjärtat stod still. Hon undersökte sedan armar, ben, huvud, bröstkorg, mage utan att finna några andra uppenbara skador. Det enda avvikande var egentligen att patientens händer var något krökta, som att han hade hållit om något när han utsatts för traumat. Cecilia smärtstimulerade patienten kraftigt men fick inget gensvar, sedan undersökte hon ögonen och ryste till. Pupillerna reagerade inte på ljus. Redan nu blev hon säker, patienten skulle dö. Eller egentligen var patienten redan död i ordets medicinska betydelse, det var dock inte officiellt förrän Cecilia hade dödförklarat honom. Men även om hon var säker ville hon att alla skulle fortsätta, dels för att ge patienten chansen att överbevisa den medicinska vetenskapen, men framförallt för att alla i personalen skulle känna att de gjort allt vad de kunnat. Minuterna gick men på apparaten som visade hjärtaktiviteten var det samma raka streck som gick över skärmen. Det hördes förtvivlade rester utanför rummet.

–   Jag vill prata med anhöriga kort, sedan vill jag att du Mikael tar hand om dem, antingen sitter med dem här i rummet eller visar dem anhörigrummet

Det kom in en medelålders kvinna, hon ryggade tillbaka inför synen som hon möttes av.

–   Hej, jag är läkare här, jag heter Cecilia

–   Jag heter Desireé, jag är Hildings fru. Vad händer med honom

5

- Det ser brutalare ut än vad det är. Han ligger i en hjärtlungräddningsmaskin som pumpar luften ut och in ur lungorna. Den håller honom vid liv tills han klarar av att göra det själv
- Kommer han att klara sig
- Det vet vi inte ännu, men vi gör allt vi kan göra. Jag skulle vilja ställa nåra frågor till dig för att kunna ge Hilding så pass bra vård som möjligt
- Okey
- Kan du berätta vad som hände, jag har inte kunnat få någon bra bild av det
- Jag hittade honom i vårt gym, han hade stången på halsen och bara låg där, det är en sådan där fast ställning så han måste fastnat i den och inte kommit lös
- Okey. Har han några andra sjukdomar
- Nej. Han är frisk. Eller han har högt blodtryck och haft lite problem med vänster knä, men annars helt frisk

Cecilia nickade.

- Tack för informationen, vill ni stå kvar och titta får ni göra det men då måste ni hålla er i bakgrunden, annars kommer en sköterska att visa er till anhörigrummet

Mikael tog med de anhöriga till ett rum några dörrar bort. På akutrummet pågick behandlingen.

- Vad anser du Erik, frågade Cecilia
- Ingen hjärtaktivitet på över tjugo minuter, dessutom visade pupillerna ingen reaktion på ljus. Ditt ultraljud visade ingen hjärtaktivitet. Troligen långvarig syrebrist som gör att hela hjärnan är död. Tyvärr finns det inget att göra
- Jag tänker samma sak, men ville höra det från någon annan före jag fattade det slutgiltiga beslutet

Cecilia ställde sig på sidan av patienten.

– Avsluta behandlingen. Det går tyvärr inte att göra något mer för patienten.

Alla i rummet upphörde med det de höll på med. Bortsett från de upprepade tryckljuden så var det tyst i rummet. Petra gick fram mot hjärtlungmaskinen och tittade på Cecilia en sista gång, Cecilia nickade, Petra stängde av maskinen. Det blev helt tyst i rummet. Hur lite som skiljde mellan liv och död blev med ens uppenbart.

– Jag skall konstatera dödsfall och sedan förbereder vi patienten för att ta in anhöriga

Cecilia lyssnade en minut över bröstkorgen och hörde varken något andetag eller något hjärtljud. Sedan undersökte hon att pupillerna inte reagerade på ljust.

– Konstaterande av dödsfall klockan 23.29. Eftersom det är en onaturlig död kommer jag att kontakt polisen. Patienten får inte tvättas utan skall föras till rättsmedicin efter att anhöriga fått ta farväl

Cecilia gick den tunga promenaden in till anhörigrummet. Hon väntade några sekunder utanför dörren och knackade sedan och gick in. Det hade kommit två personer till som Cecilia presenterade sig inför, dottern Novalie och sonen Harald.

– Jag har tråkiga nyheter

– Nej, nej, nej, sa kvinnan i medelåldern

– Jag måste tyvärr informera er om att Hilding är död

Först kom en tystnad, sedan skrek Desireé rakt ut, ett desperat försök att trycka bort känslorna kring döden. Harald och Novalie var båda helt tysta och stirrade tomt ut i luften.

Kapitel 2
Onsdag 8:e april

– Välkomna till denna presskonferens. Vi har kallat till den för att igår gick Hilding Ederfors ur tiden. Han var med om en olycka och avled igår kväll på akutmottagningen. Jag heter Karl-Johan och är vän med familjen, med mig är även Hildings fru Desirée och läkaren Cecilia som tog emot Hilding på akutmottagningen

Presskonferensen var mycket välbesökt med Umeå-mått mätt, både SVT, SR, TV4, de stora tidningarna samt några utländska journalister. Att Sveriges kändaste affärsman hade dött på ett brutalt sätt var stora nyheter. Cecilia var inte van vid att delta i presskonferensen men hade inte kunnat göra annat än att tacka ja när familjen uttryckligen bett henne. Hon hade lovat att bara kortfattat berätta vad som hade skett och förklara varför en rättsmedicinsk utredning skulle ske. Desirée berättade om sin sorg, hur ofattbart det var att hennes livskamrat så plötsligt hade blivit bortryckt, men även hur underbar Hilding hade varit som människa. Tillslut var det dags för Cecilia.

– Jag har en fråga till läkaren. Stämmer det att en polisutredning har startats

– En rättsmedicinsk undersökning skall göras, om det skall startas en polisutredning kan jag inte svara på

– Du tror att det kan bli en polisutredning. Fanns det något som tydde på att Hilding utsatts för brott

– Det kan inte jag svara på

– Men du har anmält dödsfallet till polisen. Varför har du gjort det om du inte misstänkte brott?

– Det stämmer att jag anmält dödsfallet till polisen. Men det betyder inte att jag misstänker att något brott har begåtts, det betyder inte heller att jag utesluter att brott har begåtts. Jag har helt enkelt inte kompetensen att bedöma brottsmisstanken. Varför jag valde att kontakta polisen var för att enligt svensk lag skall varje fall av onaturlig död anmälas. Naturliga dödsfall anses exempelvis vara hjärtinfarkt hos en äldre hjärtsjuk person eller liknande, detta är uppenbart ett onaturligt dödsfall

– Hur dog Hilding

Cecilia tittade mot Desirée för att bolla frågan vidare.

– Jag hittade Hilding igår i vårt träningsrum. Han låg då på en bänk med en skivstång över halsen. Det troliga är att han har tappat stången på halsen och sedan inte orkat lyfta bort den

Fotoblixtarna smattrade. Nyheten hade just gått från en stor sverigenyhet till en världsnyhet. Det var en smaskig historia som innehöll brutal död som dessutom skett på ett oväntat sätt, en brottsmisstanke, en medicinsk beskrivning från läkaren som tagit emot dödsoffret och dessutom en vacker sörjande fru.

Cecilia parkerade cykeln i cykelstället, hon gick över gräsmattan. Huset hon bodde i var ett bastant rött tvåvåningshus som dessutom hade fullstor vind och källare. Hon öppnade ytterdörren som inte var låst, där inne såg hon Stefan som stod i köket och sjöng under tiden som han hackade sallad och stekte grönsaker. Lisa satt i en fåtölj och läste en bok. Cecilia gick hon direkt till köksbordet och slog sig ned.

– Hur är det Cecilia, en jobbig dag, frågade Stefan

– En hemsk natt, dagen har varit både jobbig och konstig

– Vad tråkigt, berätta

– Jag var läkare igår när Hilding Ederfors kom in på akuten efter en allvarlig olycka. Det gick tyvärr inte att få liv i honom, jag fick berätta för familjen om det som skett och dessutom så fick jag berätta om det igen på en presskonferens som jag nyss kom hem ifrån

– Ojdå, vilken jobbig dag, sa Lisa, presskonferens efter dödsfall på superkändis
– En hemsk dag
– Men min älskade, sa Lisa och gav henne en puss

Cecilia gick och vilade i väntan på maten. Lisa hjälpte Stefan fixa klart.

– Vad jobbigt, det är sådana här dagar jag uppskattar att jag inte är läkare, sa Lisa

Stefan nickade.

Stefan hade överträffat sig själv, det var en utsökt måltid. Cecilia uppskattade den goda smaken men hade svårt att fokusera tankarna. Stefan och Lisa höll samtalet vid liv, de pratade om lite allt möjligt och undvek att fråga Cecilia om något så länge hon signalerade att hon ville vara tyst.

– Jag tror faktiskt det var jobbigare med presskonferensen än själva akutrummet. I akutrummet är jag trygg, där känner jag mig självsäker och behärskar situationen. Det är jobbigt men hanterbart. Presskonferensen var något nytt, jag satt på helspänn hela tiden. Trodde inte att det skulle vara så mycket journalister, hoppas bara att det inte blir något stort ståhej kring det här
– Jag skulle inte vilja byta med dig, sa Lisa
– Ibland är det hemskt att vara läkare, ibland är det fantastiskt. Känslan att det jag gör påverkar liv och död gör att jag är helt i nuet. Det uppstår ett fokus där ingenting annat betyder något än just vad som händer på akutrummet just där och då. Jag uppskattar verkligen livet på något sätt
– Det var ett bra sätt att tänka på det hela, sa Stefan
– Ibland orkar jag tänka så, ibland bryter jag bara ihop, sa Cecilia skrattandes, idag blev det för mycket
– Kan vi göra något för dig, frågade Lisa
– Ikväll vill jag inte tänka, jag vill bara ha kärlek

De åt klart middagen, Stefan plockade undan och Lisa gick och tände bastun. De bodde i den östra delen av Umeå, på promenadavstånd både till sjukhuset, till universitetet samt till centrum. Bastun låg på vindsvåningen i deras hus, den hade utsikt över älven. Bastun var den plats som de alla tre använde när de ville fly livets tyngder. Utanför bastun låg ett relaxrum som även det hade utsikt över älven. Många kvällar hade de spenderat genom att basta och prata i relaxen. "Att låta kroppen värmas upp till svettning gör något med tankarna, det är som att de släpps fria från alla bojor", tänkte Cecilia. De följde norrländsk bastutradition och bastade nakna utan handdukar. Även om Cecilia kom från Stockholm ursprungligen så hade hon snabbt fått lära sig att bastade man så var man naken, det gällde alla, punkt. Cecilia lutade sig bakåt och tittade ut, hon lät en alkoholfri öl sjunka ner i strupen samtidigt som hon andades ut ett djupt andetag. Lisa lade sitt huvud i Cecilias knä och Stefan lade sig raklång på överslafen. De bastade i tystnad, det var inte läge för samtal och de hade känt varandra så pass länge att det nästintill var omöjligt att uppnå pinsamma tystnader. Det plötsliga mötet med döden hade fått Cecilia att fundera över sina livsval. Hade hon gjort rätt när hon bröt med familjens värderingar? Gjorde hon rätt när hon skaffade barn med David så pass tidigt som hon gjorde? Valde de det rätt när hon och David flyttade ihop med Lisa och Stefan? Hade hon varit en god mor? De gick ur bastun i den fortsatta tystnaden. De nakna kropparna ångade när de satte sig i tre bambufåtöljer. Cecilia drack en till alkoholfri öl, Stefan drack sin vana trogen starköl medan Lisa sippade på sitt vin. De duschade i tur och ordning och gick sen till sängs.

Vid frukosten dagen efter möttes Cecilia av en lapp på köksbordet där det stod, "Roligt att bo med en kändis!". Cecilia förstod inte alltid Lisas humor och antog att det var något konstigt skämt, men sedan fick Cecilia till sin stora förvåning se att en bild från presskonferensen prydde första sidan på den lokala tidningen Folkbladet. Bilden visade Desirée och Cecilia sittandes sida vid sida. Hon bläddrade fram till artikeln och det visade sig att Hildings dödsfall var den stora lokalnyheten. Cecilia var någorlunda citerad vilket gjorde henne lättad. När hon plockade upp Dagens Nyheter blev hon ännu mer förvånad när hon insåg att det var en liknande bild från presskonferensen som prydde förstasidan. Vad händer, är det här på riktigt, tänkte Cecilia. Hon bläddrade fram till de angivna sidorna och såg en ännu större bild på henne och Desirée. Hon läste alla artiklarna flera gånger, det fanns inget direkt fel i citeringarna av henne, men det kändes ändå som att texten inte gav en rättvisande bild. Det var rutin att det gjordes en rättsundersökning efter onaturliga dödsfall, men artiklarna antydde att det berodde på en tydlig brottsmisstanke. Men det stannade inte bara vid Folkbladet och Dagens Nyheter, om Cecilia den morgonen hade sett alla Sveriges morgontidningar så skulle hon blivit ännu mer förvånad, för hon och Desirée var på en majoritet av förstasidorna. Dessutom så fanns bilder från presskonferensen i många stora nyhetstidningar utomlands. Nyheten hade många spännande delar. Det var det en känd frispråkig affärsman som hade dött en plötsligt död. Själva döden var orsakad av en tillfällighet som var både brutal och tragikomisk. Det gick att tänka sig in i de jobbiga sista minuterna av Hildings liv, hur han försökt lyfta skivstången men tillslut inte orkar hålla emot längre. Bilderna på Cecilia och Desirée hade dessutom rent fotografiskt gjort nyheten ännu större. Båda två var väldigt vackra och båda stämde väl överens med den internationella bilden av svenskor. De hade båda långt blont hår, vältränade och ingav pondus. Dessutom så lyckades bilderna fånga kontrasten mellan Desirées tårfyllda farväl av sin livskamrat och Cecilias professionella redogörelse av ett patientfall.

Kapitel 3
Onsdag 8: april

Stefan stod framme vid katedern och kopplade in datorn till projektorn. Han skulle föreläsa för en klass med socionomer vilket han inte var sugen på. Som journalist var han van vid att föreläsa och hade egentligen alltid tyckt att det var bland det roligaste i arbetet. Tidigare i sin karriär hade han bara föreläst någon enstaka gång per år. Men efter att han hade gett ut den storsäljande populärvetenskapliga boken, "Falska sanningar", två år tidigare så hade föreläsningsförfrågningarna haglat in. Han hade som journalistisk princip att han skulle sprida sina kunskaper, därför hade han tackat ja till alla föreläsningserbjudanden som han praktiskt kunde genomföra. "Det kan vara dags att tänka igenom den principen igen", tänkte han när han tittade ut över klassen. Han skulle hålla en föreläsning som var inspirerad av hans bok, dessutom skulle föreläsningen vara vinklad mot just socionomer. Den stora anledningen till att de programansvariga ville att han skulle föreläsa var att han var en halvkändis som de hoppades skulle ge lite extra krydda till kursen. Därför stod han framför en fullsatt sal i föreläsningsrundan och öppnade sitt bildspel. Hörsalen han tittade ut över var tårtformad och hade brant lutning, det var ungefär hundra platser och det var helt fullsatt. Han var ovanligt nervös. Tidigare i sin karriär hade han hållit föreläsningar i smala ämnen i någon undangömd sal, det hade kommit en handfull åhörare och oftast kände Stefan igen de flesta sedan tidigare. För att göra ett gott intryck så hade han klätt sig så stilmedvetet han kunde med mörk kavaj och ljusa chinos. Han var vältränad, något över medellängd, mörkt hår.

De flesta studenterna brukade tycka om Stefans föreläsningar, men vissa var provocerade av hans bok och hade redan dömt ut honom på förhand. Boken visade hur många av dagens "sanningar" som egentligen var helt fel, den visade dessutom upp några intressanta tankefällor som var lätta att gå i. Egentligen hade Lisa skrivit boken ihop med Stefan, men hon hade vägrat att stå med som medförfattare för hon ville inte ha någon uppmärksamhet. Detta hade gjort att Stefan blev obekväm när han fick beröm för sin bok. För både han och Lisa visste att det var tack vare henne som boken hade blivit så intressant som den trots allt var. Lisa hade förstått att läsare gärna läste om hur andra personer tänkte fel och därför skrivit in många exempel på tankefel som gjordes i olika situationer. En viktig anledning till att boken varit så framgångsrik var på grund av att boken visat upp många tankefel som ekonomer gjorde. Det verkade som att många läsare njöt av att läsa när ekonomer hade fel.

– Välkomna, jag heter Stefan och är vetenskapsjournalist. Jag arbetar inom framförallt psykologi och ekonomi, jag kommer idag att föreläsa om psykologi och vanliga tankefällor som vi alla går i

Efter några minuter så kom han in på det ämne som i regel var det mest provocerande, experternas oförmåga att förutse framtiden. För att håva in många skratt hade han visat på den klassiska forskning som visat att aktiemäklare var sämre än slumpen på att placera pengar i aktier. När Stefan förklarade varför pilkastande apor i regel slog välbetalda placerare så fick han många skratt. Varje gång han föreläste var det en svår avvägning om ämnesspecifika exempel, alla tyckte att det var roligt att höra om hur andra yrkesgrupper gjorde tankefel, men det var få som tyckte om att se sina egna tankevurpor. För att få lite balans hade Stefan tagit med några exempel som passade bra in på socialarbetare, men han hade tonat ner kritiken mot just socionomer för att slippa jobbiga motfrågor. Under föreläsningen så märkte Stefan att två av tjejerna på första raden försökte få ögonkontakt med honom. Han försökte låtsas som ingenting, men han rodnade till när en av dem sa "han är så snygg" lagom högt för att han skulle höra, sedan svarade den andra tjejen "han får gärna bli min privatlärare". Sedan ansträngde sig Stefan för att inte möta deras blickar mer.

Efter föreläsningen så var det en grupp studenter som kom fram och ställde frågor. Stefan tyckte att samtalen efter föreläsningarna oftast var mer intressanta än själva föreläsningarna. Efter föreläsningarna kunde han ställa motfrågor och det blev ett samtal istället för en monolog. När han började plocka ihop datorn var det två elever som stod kvar. Det var de två tjejerna som hade suttit på första raden. Ingen av dem sa något utan stod bara där och log mot honom. När tillslut alla andra eleverna hade gått ur föreläsningssalen så sa den ena av tjejerna.

– Jag har en fråga till dig

– Fråga på

– Kan professorn hjälpa mig med lite specialundervisning

Stefan blev helt ställd. Han tittade omkring sig och visste knappt vart han skulle ta vägen.

– Vad menar du, fick han tillslut ur sig

– Du vet vad jag menar. Här är mitt telefonnummer

De båda tjejerna pussade honom på kinden och gick sedan fnittrande iväg. Stefan stod kvar och visste inte vart han skulle ta vägen.

Egentligen hade Stefan lite saker som han borde göra men han kände att föreläsningen, och framförallt frågestunden efter föreläsningen, hade tagit på krafterna så han ringde Lisa och Cecilia och bestämde att luncha ihop. De anlände ungefär samtidigt till Plaza, det var ett fint hotell med en bra lunchbuffé. Det valde en fyrgrupp som låg lite avskild. När Stefan gick förbi ett bord med fyra medelålders kvinnor så såg han att en av dem viskade till de andra och sedan följde alla honom med blicken när han passerade bordet. Han rodnade, han hade svårt att vänja sig vid att vara igenkänd. Någon månad tidigare hade han kommit 72:a i en damtidnings "Sveriges 100 sexigaste män"-lista. Han hade knappt vågat gå till jobbet dagen efter han fått reda på det. Det hade blivit ännu jobbigare när en känd skribent hade skrivit att Stefan blivit en lika het sexsymbol hos kulturtanter som Jonas Hassen Kehmiri. Cecilia reagerade knappt på att många män tittade in henne när hon gick förbi, så hade det varit så länge hon kunde minnas. Som vanligt var det Lisa som fick minst uppmärksamhet. Lisa var något kortare än medellängd, hade mörkt hår, vältränad kropp, de flesta som verkligen såg henne tyckte att hon var vacker. Men hon hade en medveten förmåga att inte synas, hon var en person man knappt märkte när hon kom in i ett rum

- Hur är det Cecilia, har du kommit in i kändisrollen ännu, frågade Lisa
- Absolut, tänkte börja dejta Leonardo DiCaprio, eller vad säger du Stefan, har du någon känd journalistkompis

Stefan satt tyst.

- Hur är det Stefan, hörde du vad jag frågade
- Ursäkta, tänkte på annat. Hade en konstig föreläsning idag. Eller egentligen var det jobbigt på frågestunden efteråt. Det var två tjejer som kom fram till mig, de kunde inte vara mer än tjugotre
- Jaha, vad var det för jobbigt med det
- En av dem frågade mig om jag kunde ge henne lite specialundervisning sedan kysste de mig på kinderna, jag blev helt ställd

Lisa och Cecilia tittade förvånat på varandra och började sedan gapskratta. Stefan rodnade ännu mer vilket bara gjorde att de skrattade ännu mer. De flesta andra restauranggästerna tittade mot deras bord. Tillslut tog skrattattacken slut. Stefan lyckades få in samtalet på mer vardagliga saker. Cecilia var ovanligt tyst. Lisa märkte det och frågade

- Hur är det, känns det fortfarande jobbigt

– Det gör det. Men det är inte bara att det är jobbigt, det är något som gnager i mig, kan inte sätta fingrarna på vad det är. Det kanske bara är att jag var tvungen att vara med på den där presskonferensen och nu kommer jag säkert att ses på någon bild här och där under några dagars tid, vill inte bli igenkänd på det sättet

– Det är bara att bita ihop, det är trots allt bara dina femton minuters kändisskap som börjar nu, tänk på mig som måste leva som den okända med två kändisar

– Trots att du är den som känner statsministern är det jag som måste bli uthängd i media

– Det är inte lätt, du får sluta vara så snygg så ska du se att du slipper bli känd på riktigt

Cecilia skrattade till. Det var härligt att få luncha med två personer som hon älskade, hon kände att det var extra viktigt efter gårdagens händelser. Att en medelålders man hade dött förde tankarna mot hennes livs kärlek, David. Tio år tidigare så hade han dött efter en lång kamp mot cancern. Han hade fått en tumör i bukspottskörteln och läkarna hade gett honom maximalt tre månader, efter två års kamp hade han tillslut somnat in. Hon brukade säga att det varit en hemsk och ljuvlig tid. Det var den bästa tiden och den sämsta tiden i hennes liv. De hade kommit varandra närmare och närmare ju närmare slutet de kom. Hon älskade honom fortfarande så att det ibland gjorde ont i bröstet att tänka på honom. Även om David var död så var han hennes stora kärlek, troligen skulle han fortfarande vara det den dag hon själv somnade in.

Cecilia tog en liten omväg på vägen hem. Hon intalade sig själv att det var för att få en fin blick över älven men hon visste att det egentligen var för att hon ville se Hildings hus. Det var en stor villa som låg centralt med utsikt över älven, huset var undanskymt från gångvägen. Villan var tvådelad och hon hade förstått att ena halvan var bostadsdel och att andra delen var kontor till Hildings företag HESU. Bokstäverna i företagsnamnet stod för Hilding Ederfors Storuman Umeå. Hilding hade varit en av Sveriges rikaste personer och att han hade ett rykte om sig som en brutal affärsman. Hur rik han hade varit när han dog spekulerades det fritt om i pressen, han hade lagt upp ägarstrukturen i sina företag så att det var svårt att veta hur mycket han hade. Att han var mångmiljardär var klart, men ingen utanför närmaste familjen visste exakt hur mycket pengar det rörde sig om.

Det var något inom Cecilia som fick henne att vilja veta mer, hon hade aldrig kollat upp patienter tidigare, hon hade som princip att inte försöka få reda på saker som patienterna inte berättat. Men hon sade till sig själv att det var annorlunda med Hilding "familjen bad mig vara med på presskonferensen, dessutom så är han redan död så det kan inte skada honom". Hon ställde sig vid älven rakt nedanför huset och låtsades titta på omgivningen, hon kunde ana träningsmaskiner i ett av rummen i översta våningen. Hon vågade inte stå så länge och titta som hon ville. Väl hemma så gick hon direkt till datorn. Hon började googla Hilding Ederfors. Först möttes hon av artiklar som var blandningar av dödsrunor och hyllningsartiklar. Hon läste igenom artiklarna från Dagens industri, Dagens Nyheter, Affärslivet, Svenska Dagbladet. Sedan såg hon ett kort inslag från SVT. Sammanfattningsvis verkade han uppfattats som en djärv affärsman som vågat satsa på nya idéer. Många tidigare anställda hade berättat om hur Hilding alltid kom till arbetet först och gick sist, han ställde högra krav på sina anställda men var en omtyckt chef. Eftersom han just hade dött var det inte så konstigt att det var totala hyllningar, tänkte Cecilia. Hon letade vidare till äldre artiklar och hittade en intervju som var några månader. Det var en lång intervju i Dagens Industri. Reportern hade följt Hilding under en hektisk vecka. Artikeln beskrev en man som arbetade konstant, som var kompetent, väldigt smart, artikeln avslutades något skämtsamt om att

Hilding utöver allt detta dessutom var lika snygg som smart. Cecilia letade vidare men hittade ingen mer nyanserad bild i affärspressen, det verkade vara en samstämmig hyllningskör. Han beskrevs av diverse journalister som en svensk Steve Jobs. Som tur var för Cecilia var Hilding så pass känd att hans död hade lett till en ny Flashbacktråd. Hon var kluven till hemsidan, den brukade smutskasta folk grovt samtidigt som användarna gömde sig bakom anonyma användarnamn, men de anonyma användarnamnen gjorde också så att det kunde komma fram saker som ingen hade vågat stå för i offentligheten. När hon började läsa framkom en helt annan bild av Hilding. Det var tydligt att hans hårda stil inte gillats av alla. Han verkade ofta ha levt på gränsen till det olagliga, skatteplanering som verkade suspekt, hotat både anställda och mindre företag, misstankar om mutor både i Sverige och i krigsdrabbade U-länder. Många på tråden var övertygade om att han hade blivit mördad, med så många fiender var det rimligt att olyckan egentligen var ett kallt mord, en klar majoritet av de som skrev verkade dessutom tyckt att han förtjänade det. Cecilia såg mordtankarna som befängda, men det såddes ändå ett litet tvivel. När hon stängde av datorn fick hon tillbaka den där känslan att det var någon som var fel. Hon försökte känna efter vad det var men kunde inte komma på det, det var något hon uppfattat men inte riktigt kunde minnas. Det enda hon visste var att det var något viktigt.

Kapitel 4
Fredag 10:e april

Väckarklockan ringde alldeles för tidigt, Lisa slog av klockan och försökte somna om. Stefan puttade på henne.

— Upp nu älskling, du vet att du måste med planet som går om tre kvart, taxin är här snart

Lisa satte sig upp på sängkanten, klockan slog just om till 05.45. Hon räknade ner tyst för sig själv, tre, två, sedan ringde mobiltelefonen.

— Hallå... Jag är vaken ingen fara, har ni mailat det jag ska läsa igenom före förhandlingarna... Okey, jag fixar det, ses på Arlanda

Lisa gick till stora badrummet, det enda som kunde väcka henne på riktigt var en riktigt kall dusch. Hon höll sig från att skrika när hon gick in i de kalla vattenstrålarna. Hon klädde på sig snabbt och tittade ut genom rutan, taxibilen stod redan och väntade på henne. Hon packade lite ombyte, en ryggsäck och sin bärbara dator före hon joggade ner till bilen. Lisa blev glad när hon såg att det var Niklas som var dagens chaufför, han förstod att hon inte hade ork för småprat vid den här tiden utan hade vett att vara tyst medan hon läste. Lisa hade fått tre långa dokument från staben, hon suckade och började läsa. Taxibilen körde genom en stad som fortfarande sov, de mötte ett par bilar med arbetspendlare, men annars var det helt tomt på gatorna. Lisa tittade ut genom fönstret och betraktade sin hemstad, när de åkte utmed älven så speglades solen i vattnet, "det är trots allt ganska vackert här", tänkte Lisa. Planet var en kvart försenat, men Lisa borde hinna med anslutningsflyget ändå. Väl på planet så hamnade Lisa bredvid en pratglad man som såg ut att vara ett tiotal år äldre än henne.

— Du vet jag ska ner på ett stort affärsmöte idag, det är viktigt att komma i tid om man ska göra ett gott intryck.

Store förhandlingar idag, hoppas planet inte blir mer försenat

- Uhmm
- Du vet det är inte lätt att förhandla, det gäller att vara på topp, viktiga saker

Mannen lät ögonen glida ned över Lisas kropp samtidigt som han pratade.

- Vad håller en fin kvinna som du på med då om man får fråga
- Det är lite allt möjligt
- Jaha, vad kan det vara
- Läser just nu inte lite olika dokument

Mannen fortsatte prata på om sin stora affär, när han märkte att det inte imponerade på Lisa på det sätt han hoppats på övergick han till att i förbifarten berätta vilka höjdare han kände.

- Ursäkta, det var intressant att höra, men jag måste faktiskt läsa på det här
- Jaha, men vet du vad, du verkar vara en trevlig tjej, vi kanske ska fortsätta samtalet över en bit mat ikväll, jag bor på Grand Hilton och kan fixa upp lite fin mat på rummet, sa Mannen och överräckte sitt visitkort till Lisa
- Tror det blir svårt ikväll, vet inte vilken tid mina möten håller på till
- Det är ingen fara, jag är uppe sent

Lisa tog emot visitkortet med ett leende. "Jävla idiot", tänkte hon och fortsatte läsa. När planet landade så fortsatte mannen glatt prata med Lisa tills de kom till bagageutlämningen. Lisa hörde någon ropa hennes namn och tittade sig omkring.

- Hej, Lisa, sa en kvinna som gick fram till henne och skakade hand
- Hej Margareta

– Det blev lite förändringar, vi måste flyga tidigare, planet
står och väntar så vi måste snabba oss

Mannen från planet stod länge kvar och tittade, han kände
igen Margareta men han kunde inte placera henne. Han skulle
blivit väldigt förvånad om han kom på vem hon faktiskt var,
Margareta var Sveriges utrikesminister.

– Fick reda på att en kollega var i stan och vi bestämde oss
för att träffas informellt på kvällen. Vi har en fråga att
diskutera som bäst diskuteras bakom lykta dörrar, men då
jag fick reda på det med kort varsel behöver jag gå igenom
ett nytt ämne med dig före middagen
– Det fixar jag, berätta när vi kommit till planet så hjälper
jag till så gott jag kan

Lisa gick samtalandes med Margareta till det väntande planet.

Från flygplatsen åkte de direkt till ett möte som Margareta
skulle ha med James, Storbritanniens utrikesminister. Det
blev ett långt möte fyllt av formaliteter. Det var egentligen
inget nytt som sades på mötet, men Lisa hade blivit van vid
att ha långdragna möten där man egentligen inte kom fram till
något nytt. Eftersom hon var en inhyrd konsult var det inte
läge att kritisera upplägget, även om det kändes som ett stort
slöseri med både tid och skattepengar. Efter mötet satt Lisa
tillsammans med en man från Margaretas stab och skrev ihop
ett pressmeddelande om ländernas goda relationer. Eftersom
alla pressmeddelande efter möten som dessa såg snarlika ut
tog det inte många minuter att skriva klart det. På kvällen var
det ett inplanerat möte på ambassaden där Margareta skulle
träffa många Londonbaserade svenskar. Men det blev
ändrade planera då Margareta var tvungen att med kort varsel
vara med på en telefonkonferens med statsministern och tre
andra ministrar.

Kapitel 5
Fredag 10: april

De ändrade planerna gjorde att Lisa fick en ledig kväll i London. Hon ringde sin vän Jeremy.

– Hej Lisa, hur mår du, sa Jeremy på stram engelska

– Det är bra, jag är i London och fick en kväll över, har du möjlighet att ses

Några timmar senare så gick Lisa in på en tvåstjärnig Michelinkrog där Jeremy hade lyckats boka ett bord trots den korta framförhållningen. Hon spanade ut över borden och såg snart Jeremy. Han satt vid ett bord och nickade mot henne. En servitris eskorterade Lisa till bordet och gav dem varsin meny. Jeremy hade just passerat fyrtio, var korrekt klädd i mörk kostym med ett diskret Oxford-märke på kragen. Han var vältränad och gav Lisa ett stort leende. De kramades och Lisa slog sig ned. Efter en kort överläggning beslutade de sig för att ta avsmakningsmenyn med rekommenderade viner till.

– Vad roligt att se dig, det var många år sedan vi verkligen sågs, sa Lisa

– Det var det verkligen, livet rullar på och det är svårt att stanna upp

– Vad har hänt sedan sist

– Det är tio år sedan, vill du ha den korta eller den långa versionen

– Vi har tid på oss, ta den långa

– Vart ska jag börja... Jo jag träffade Hillary för sju år sedan, en underbar kvinna, tror du skulle gilla henne. Vi gifte oss och sedan kom det två små knoddar. De är livliga och har svårt att sova på nätterna. Men jag älskar dem väldigt mycket.

– Ojdå, här har det hänt mycket. Jobbar du kvar inom universitetsvärlden.

Lisa hade egentligen koll på vad han arbetade med då hon läst han senaste artiklar, men hon hade lärt sig att de flesta personer, i synnerhet män, snarare blev nojiga än smickrade när hon hade läst deras arbeten.

– Det gör jag, fortsätter forska inom kvantfysiken. Har gått bra för mig och publicerar regelbundet. Tyvärr har sifforna tappat lite av sin charm då jag är så pass styrd i arbetet, jag är duktig på att hitta felaktigheter i beräkningar så det mesta jag gör är att kontrollera så att andra har gjort rätt. Saknar att utforska nya områden, men jag ska inte klaga, det är ett bra arbete på det stora hela

– Det är det verkligen, det är få saker som är så vackra som kvantfysik

Jeremy antog att hon skämtade men såg sedan att hon menade allvar.

– Vad härligt att du säger så, jag har försökt förklara för Hillary sedan första dagen vi träffades hur vacker kvantfysiken är, men hon bara skrattar åt mig.

– Tur att du är med mig ikväll, sa Lisa och gav honom en blinkning samtidigt som hon lade sin hand på hans

Jeremy rodnade men lät handen ligga kvar.

– Berätta om ditt liv, vad har hänt sedan sist.

Lisa berättade kortfattat om Stefan och vad som hänt med Rosa och Karl. Hon berättar översiktligt om arbetslivet. Under samtalet så slog alkoholen till och samtalet blev mer och mer öppet. De talade om livet, osäkerhet, hur man ska leva, vad som gjorde dem lyckliga.

– Vad säger du, ska vi ut och dansa, frågar Lisa

– Jag vet inte om jag kan, jag har mycket på jobbet nu, tänkte passa på att jobba när Hillary är borta några dagar med barnen

– Men kom igen, jag är bara här ikväll, jag vill ut och dansa

– Okey, men det får inte bli för sent

De hittade en närliggande nattklubb som de gled in på. Det var mörkt och neonljusen blinkade. Det blev några fler öl, samtalet blev mer fnittrigt. De gick ut på dansgolvet. De dansade sig svettiga, Lisa dansade närmare och pressade sina bröst mot Jeremy kropp. Jeremy var initialt återhållsam men släppte sedan loss mer och mer. De möttes i en lång kyss som övergick i hångel. De dansade bara med varandra, lät munnarna mötas gång på gång. Helt tvärt så vände sig Lisa om och drog med Jeremy.

– Vi ska åka hem till mitt hotell nu

Jeremy gick med utan att säga något, han var rädd att tankarna skulle tränga sig på, för innerst inne visste han att han skulle ångra sig, men han ville inte tänka, han ville bara vara just där och då. Lisa gick ut på gatan och stannade en taxi. Hon gav adressen till chauffören och drog sedan in Jeremy i bilen. När de var framme försökte de spela nyktrare än vad de var, Lisa bad receptionen om sitt rumsnummer och förklarade att det var en arbetskamrat som bara skull med upp på rummet för ett glas vin. Receptionisten valde att spela med.

– Vad trevligt. Här är rumsnyckeln, varsågod. Vill även påminna om att det är lyhört om ni mot förmodan skulle bli ljudliga

– Tack, det ska vi tänka på

De lyckades hångla sig genom hissen och fram till Lisas rum. Väl där tryckte Lisa ned Jeremy på sängen. Hon kastade av sig klänningen, plockade av Jeremy slips och öppnade skjortan. Hon tittade på honom och log mot honom för att visa att hon gillade det hon såg. Samtidigt som hon bet honom i en bröstvårta lät hon händerna glida nedför hans överkropp ned mot byxorna. Hon reste sig upp och tog av sig naken.

– Ta av dig du med

Jeremy tog fumligt av sig de resterade kläderna. Lisa tryckte återigen ned honom på sängen. Hon tog hans kuk i sin mun och lät tungan glida runt ollonet. Hon plockade fram en kondom, trädde den på hans hårda kuk och satte sig sedan grensle över honom. Jeremy låg där och såg henne rytmiskt åka upp och ner. Hon förde hans hand mot sin klitoris och visade hur han skulle tillfredsställa henne. Efter att de båda kommit lade sig Lisa på sidan om Jeremy.

- Det var skönt, sa hon
- Det var det verkligen, jag har aldrig varit med om något liknande
- Vad bra
- Jag har aldrig varit med en tjej som så tydligt vet vad hon vill ha
- Men nu har du det, det var väll härligt
- Mer än härligt

Lisa gosade in sig på Jeremy bröst. De somnade inslingrade i varandra.

Efter fem signaler svarar Lisa i mobiltelefonen.
- Hej älskling
- Hej, hur mår du, du låter lite hängig
- Ingen fara, är bara lite bakis, blev sent igår, hängde med Jeremy
- Hoppas det går över. Visst kommer du hem ikväll, Rosa och Karl tänkte äta med oss. Rosa sa att hon ville ta med sig sin nya pojkvän.
- Men vad roligt, jag ser till att komma hem i tid, ingen fara.
- Härligt, ha en bra dag och se till att få i dig lite mat
- Det ska jag, Jeremy hälsar förresten
- Hälsa tillbaka

Jeremy låg bredvid med nyvakna ögon.
- Vad har vi gjort
- Vad menar du. Vi hade sex igår, minns du inte det?

- Men vi har varit otrogna. Du pratade med din man samtidigt som jag låg naken här bredvid. Vad fan har vi gjort.
- Ta det lugnt. Vi är inte bara analytiska hjärnor, vi har även känslor och passion, vi hängav oss åt stunden igår. Jag tycker det var en trevlig kväll, och bra sex också för den delen.
- Men vad ska jag säga till min fru. Hon har inte förtjänat det här.
- Ja du, det kan jag nog inte hjälpa dig med. Det måste du bestämma själv. Vi måste snabba oss nu, min taxi går om mindre än en timme och jag tänkte hinna med att äta frukost och duscha före det. Jag lämnar dörren till duschrummet öppen så får du komma in och duscha med mig om du vill.

Lisa gick in i duschen. Det var ett stort kaklat ljust badrum med ett stort badkar i ena hörnet. Lisa visste att hon egentligen inte hade tid att bada men lade sig ändå i badkaret. När hon kom ut från badrummet så satt Jeremy på sängen, han hade tagit på sig kläderna men hade fortfarande samma ångestladdade uppsyn. Efter att Lisa hade klätt på sig så la hon en hand på hans axel.

- Nu måste jag faktiskt gå ner och äta frukost om jag ska hinna med taxin, vill du äta med mig
- Nej, jag måste hem och tänka
- Hoppas det löser sig mellan dig och din fru

De skiljdes med en stel kram i receptionen. Hon han få i sig lite ägg och grönsaker före det var dags att stressa till taxin. "Trevlig Londonvistelse, dessutom ska jag få träffa Rosas pojkvän ikväll, kommer bli en bra vecka", tänkte Lisa.

Kapitel 6
Onsdag 15:e april

När Cecilia gick igenom signeringskön hade svaret kommit in på Hildings rättsmedicinska undersökning. "Fan, ska jag inte få släppa det här snart", svor Cecilia tyst för sig själv. Det stod.

...Centralt över halsen ungefär två centimeter nedom Tracheas övre kant ses en bandformad blånad som sträcker sig över hela frontala sidan. I Trachea hittas blod- och benrester som tyder på ett kraftigt trubbigt våld... Armarna är kraftigt vinklade medialt. Triceps och Pectoralis är delvis rupturerade. Hjärnan visar tecken på långvarig syrebrist. Hjärtat normalstort. Lever, njurar, lungor, gallblåsa, inälvor uppvisar ingen patologi. Kring Scrotum och Penis ses stora rester från ejakulat samt serös vätska... Undersökningen motsäger inte att patienten kvävts till döds i ett försök att lyfta bort skivstång från halsen. Noterbart är att patienten haft armarna i en suboptimal vinkel för att lyfta bort något från halsen. Ingen tydlig patologi som tyder på aktuell sjukdom vid dödstillfället. Ejakulation troligen mycket nära dödsögonblicket.

Att Hilding dött av skivstången var ingen nyhet för Cecilia. Men för den som visste hur man skulle tolka rättsmedicinska undersökningar stod det fler saker. Dels hade Hilding fått utlösning just före sin död. Det stod vidare att Hilding hade kämpat länge med att försöka lyfta stången, dessutom hade försökte gjorts med armarna i en besynnerlig vinkel. Han måste ha fått panik och därför vinklat armarna så att han inte orkade lyfta av skivstången, tänkte Cecilia. Det var tydligt att det inte var den snabba död som de hittills hade hoppats på.

– God dag, det är Desirée
– Hej. Det är Cecilia, läkaren från akuten. Det har inkommit svar på den rättsmedicinska undersökningen
– Ojdå, det låter hemskt
– Du behöver inte oroa dig, jag ringer inte för att meddela något konstigt. Tänkte att jag vill gå igenom den med dig

28

före du får den hemskickad till dig, det är svårt att tolka den på rätt sätt om man inte har medicinsk utbildning. Jag är här någon timme till, passar det för dig att komma förbi

– Tyvärr, det passar sig inte, inte idag. Har viktiga saker hemma. Men hur ser det ut imorgon

– Jag är inte på arbetet imorgon tyvärr, är ledig fem dagar

– Tar det lång tid

– Nej, det är en ganska kort sak

– Men visst sa du att du bodde just bredvid oss, kan du inte komma förbi här och visa mig det. Det vore jättesnällt

Cecilia hade ingen lust alls att åka hem till Desirée och gå igenom rättsmedicinska intyget. "Men jag vill bli klar med det här och kunna släppa det", tänkte Cecilia.

– Det är inget jag brukar göra. Men jag skulle kunna komma förbi efter att jag röjt klart här på sjukhuset. Jag borde vara klar ungefär klockan två, passar det

– Det passar utmärkt. Tack

Klockan hann bli tre före Cecilia knackade på dörren till Desirées hem. Ingången till huset var från sidan som vette bort från Älven. Från det hållet tyckte Cecilia att huset såg oväntat vanligt ut. Hon ringde på dörrklockan och väntade. Det hördes många röster inifrån huset.

– Välkommen, sa Desirée och öppnade dörren. Jag ber om ursäkt, det har kommit förbi litet folk som jag inte visste om, ber om ursäkt för det

Cecilia gick in och hängde av sig kläderna. Insidan av huset var inte i den alldagliga stilen som utsidan var. Hallen var helkaklad i vit italiensk marmor, takhöjden var rejält tilltagen, det hängde oljemålade tavlor på de vita väggarna. Hela inredningen andades stilfull lyx.

– Ursäkta mig som sagt. Jag ska snabba mig och avsluta samtalet så kan vi gå igenom undersökningssvaret i lugn och ro. Slå dig gärna ner i salongen tillsvidare

Desirée gick iväg och Cecilia gick in i salongen och satte sig i en stor soffa. Från soffan såg hon in i ett rum där ungefär tio personer satt runt ett bord och diskuterade. Hon kunde inte höra vad de diskuterade men känslorna verkade vara upprörda. Förutom Desirée så kände Cecilia igen två personer, Desirées och Hildings barn Harald och Novalie. Efter några minuters väntan kom Desirée in i rummet tillsammans med Harald och Novalie.

– Ursäkta du fick vänta, men vi har krismöte i företaget. Vi var inte beredda på att pappas död och nu står vi utan tydlig ledare, sa Harald

– Ingen fara, jag förstår att det måsta vara mycket nu

De gick in i ett angränsande rum där det stod ett stort skrivbord i mörkt trä längs ena långsidan, de satte sig i soffgruppen på kortsidan som vette mot älven.

– Du sa att rättsintyget hade inkommit

– Det har det. Som jag förklarade tidigare så görs det alltid en rättsmedicinsk undersökning om det inte är ett förväntat dödsfall, så ta själva ordet rättsmedicinsk undersökning med ro. Men det har som sagt inkommit svar på själva undersökningen. Vi har tidigare sagt att allt tydde på att det varit en kort plåga för Hilding, men så var tyvärr inte fallet. Hans skador tyder på att han har fått kämpa ett längre tag före han tillslut svimmade och dog av syrebrist

– Så Hilding plågades till döds medan han kämpade för sitt liv, sa Desirée med gråt i halsen

– Det verkar tyvärr som det. Jag kan inte säga exakt hur det gick till tyvärr, men man ser tydliga tecken på att han kämpat hårt med sina överarmar och bröstmuskulatur

Novalie la sin arm runt Desirée. Alla tre kämpade mot tårarna. Cecilia väntade ut tystnaden som uppkom. Tillslut sa Desirée.

– Var det något mer som framkom

- Ingen stor sak. Eller egentligen var det en sak som framkom, men jag är osäker på om du vill att dina barn ska höra det
- Vi har inga hemligheter
- Okey... Undersökningen visade att Hilding hade fått ejakulation nära dödsögonblicket

Barnen såg besvärade ut och Desirée var både besvärad och förvånad.

- Du menar alltså att han fick utlösning nära inpå när han dog. Hur nära menar du?
- Går inte att säga exakt tidsram, men troligen under hans sista timme i livet
- Men vi hade ju inte sex på hela dagen

Efter en lång pinsam tystnade sa tillslut Novalie.

- Tack för att du kom förbi och berättade det här för oss. Jag ber om ursäkt å hela familjens vägnar att vi inte kunde komma till sjukhuset och ta samtalet där. Men nu ska vi inte uppta mer av din tid. Tack igen

Novalie reste sig upp och väntade in att Cecilia skulle göra detsamma, Novalie sträckte sedan fram sin hand och skakade Cecilias hand. Harald gjorde sedan samma sak och gick tillsammans med Novalie ut ur rummet. Desirée följde sedan Cecilia till tamburen.

- Kunde man se om han hade haft sex med någon eller om han hade onanerat till sig utlösningen
- Det kan man tyvärr inte se, det enda man kunde se var spermierester samt att han hade sekret kring penis. Sekretet betyder att det var någon sorts kroppsvätska, troligen är det saliv. Tyvärr vet vi inte mer än så
- Det är bara så obehagligt alltsammans. Polisen kom och hämtade skivstången och några vikter. De sa att det var rutin att ta fingeravtryck och DNA från föremålet som dödat en människa. Dessutom DNA-testade de hela

familjen, och företagsledningen som sitter i huset bredvid. Även om det låter rimligt kändes det hemskt. De hittade DNA från tolv personer på skivstången, allt DNA matchades med folk i ledningsgruppen eller med oss i familjen. Polisen ringde tidigare idag och sa att de troligen kommer att avskriva Hildings död som en olycka, de hittar ingenting som tyder på något annat

Desirée stod och vickade på fötterna.

— Jag är rädd att någon faktiskt ska ha velat skada Hilding. Han var en underbar man och en fin far, men jag vet att han har retat upp många människor via affärerna, nu vet jag inte vad jag ska tro. När du nu säger det här om att han hade fått utlösning är det nästan så att jag misstänker att han hade en affär

Cecilia la en hand på Desirées arm.

— Jag vet inte hur allt gick till och jag känner inte Hilding. Men jag hoppas att polisen blir klar med sin insats så att du kan få frid. Min professionella erfarenhet är att olyckor är mycket vanligare än mord, så mycket kan jag säga

Cecilia gav Desirée ett litet leende och gick sedan ut ur huset.

Kapitel 7
Fredag 17:e april

Lisa och Stefan stod med varsin öl i det öppna köket och skrålade med till en gammal proggsång. Karl stod och dukade matbordet. Det brann en brasa i eldstaden.

– Vad roligt att äntligen få träffa Rosas pojkvän, sa Stefan
– Hon låter kär så hoppas det är en bra kille, sa Lisa

Samtidigt som Stefan och Lisa pratade i köket var Rosa med sin pojkvän, Johan, några minuters promenad bort. Rosa hummade med när Johan pratade. Han märkte det och tog tag i hennes arm.

– Lyssnar du på vad jag säger
– Jadå, det gör jag
– Det verkar inte som det, jag ställde en fråga nyss som du inte svarade på. Hur är det med dig, du verkar stressad
– Märks det så tydligt
– Ja det gör det, vad är det som stressar dig
– Du ska få träffa mina föräldrar, det är stort för mig
– Ingen fara, det kommer säkert att gå bra
– Det kommer det nog. Men du är den första pojkvännen jag låter dem träffa, jag är rädd att du inte kommer att gilla dem eller att de inte kommer att gilla dig
– Men det är ingen fara, de har ju uppfostrat dig så det är klart att jag kommer att gilla dem
– Vi får se. Jag älskar mina föräldrar men de brukar uppfattas som konstiga. Vad som än händer tänk på att de menar väl

Johan gav henne en kyss på kinden.

– Det kommer bli en kanonkväll ska du se

Rosa knackade på dörren och gick in. De kom direkt in i ett stort rum som fungerade som hall, kök, vardagsrum och matsal i ett.

- Tjenare syrran, sa Karl och gav henne en kram
- Hej på dig, Karl heter jag, sa Karl och sträckte fram en hand mot Johan
- Jag heter Johan, trevligt att träffas

Lisa och Stefan kom gåendes.

- Var roligt att äntligen få träffa dig. Vi har hört så mycket gott om dig

De tog Johan i hand och omfamnade sin dotter.

- Maten är snart klar. Vill ni ha något att dricka före, frågade Stefan
- Ett glas öl vore gott, sa Rosa
- Samma här, sa Johan
- Jo förresten, vi glömde fråga om du har några allergier, nu har vi i alla fall gjort köttgryta med rotsaker och svampar, hoppas det går bra, sa Stefan

Johan såg något ställd ut.

- Jag är vegetarian. Jag äter inte kött
- Ojdå, vad tråkigt. Men vi har väldigt gott hårdbröd om du äter det

Rosa blängde på Lisa.

- Skärp dig pappa. Han skämtar bara, jag sa ju att de är konstiga. De vet om att du är vegetarian och dessutom så är mamma vegetarian så du behöver inte oroa dig

Stefan skrattade och gick tillbaka till matlagningen.

När de satt sig ner vid bordet dröjde det inte många sekunder förrän Johan fick besvara sin första fråga.

- Kan du inte berätta lite om dig själv Johan, frågade Lisa
- Det kan jag väll, sa Johan och vände sig mot Rosa för att söka stöd. Rosa blängde i sin tur på sin mor
- Vart kommer du ifrån, vad gör du på dagarna, vad har du för intressen
- Ta det lugnt mamma

– Ingen fara. Jag kan berätta lite om mig själv så får ni berätta om er själva efter det. Jag jobbar just nu lite inom äldreomsorgen vilket är ganska roligt. Kommer härifrån Umeå, Teg närmare bestämt. Jag tycker om idrott av alla de slag och har spelat hockey på ganska hög nivå före jag skadade mig

– Det låter ju bra, bortsett från at du kommer från fel sida älven. Men ingen kan välja sina föräldrar eller vart man ska födas, sa Stefan och skrattade åt sin lustighet

– Det var i alla fall mitt liv

– Ja du, hur mycket vill du att vi berättar Rosa, frågade Lisa retsamt

– Berätta på ni, men försök att göra det kortare än vanligt

– Absolut. Jag kan börja, sa Lisa. Jag kommer från Storuman ursprungligen. Flyttade till Umeå för att studera. Hittade mina drömmars man som sitter här bredvid mig. Vi köpte det här huset med ett annat par, sedan fick vi två ljuvliga barn, även om de inte alltid har vett att hedra sina föräldrar. Jag brukar säga att jag jobbar som någon blandning mellan rådgivare och konsult till delar inom statsförvaltningen, svårt att beskriva vad jag egentligen gör. Min dotter brukar beskriva mig som en kulturtant

– Jaha då var det jag då. Jag är stolt umeåbo från barnsben, mina drömmars kvinna är klok nog att vilja bo i Umeå så jag har fått bo kvar här. Jag har pluggat nationalekonomi och psykologi på universitetet, efter studierna har jag mestadels arbetat som journalist men gjort enstaka inslag i universitetsvärlden som lärare. Gav ut en bok förra året och det var så pass roligt att jag nog kommer att skriva mer

Efter presentationerna flöt samtalet på. Johan skrattade och verkade tycka att det var roligt. Rosas anspänning släppte allteftersom och hon kunde tillslut vara avslappnad i samtalet.

Efter middagen dukade Lisa fram en efterrätt och sedan blev det småplock i soffgruppen framför eldstaden.

Efter några öl till så öppnades dörren och Cecilia kom in.

- Här sitter ni och dricker, har jag inte lärt er att alkohol är skadligt
- Var snäll Cecilia, Rosa skäms redan så mycket för sina föräldrar
- Det tycker jag hon gör rätt i

Cecilia hängde av sig sina ytterkläder och gick sedan fram till soffgruppen. Rosa såg att Johan tittade storögt på Cecilia. "Jävla Cecilia, var hon tvungen att ta en djup urringning när min pojkvän kom hit", tänkte Rosa, sedan kom hon på sig själv och rodnade skamset.

- Hej, du måste vara Rosas pojkvän, vad roligt att se dig, sa Cecilia och sträckte handen mot Johan
- Hej, jag heter Johan

Johan tyckte att han på ett helt omärkbart sätt tittade på Cecilias bröst samtidigt som han hälsade, men alla andra i rummet upplevde att han stirrade. Rosa sneglade argt mot Johan när hon hälsade på Cecilia.

- Vad roligt att se er alla på samma plats, det var inte igår

Samtalet var mer stelt efter att Cecilia kommit. Efter att ha gett många arga blickar på Johan så reste sig tillslut Rosa.

- Näe, nu ska vi gå, men tack för en god middag och en god kväll, kom nu Johan så går vi

Snart följde även Karl deras exempel och kvar satt Cecilia, Lisa och Stefan.

- Jag har funderat på en sak som jag skulle vilja fråga er om. Men ni måste lova att ni inte berättar den vidare till någon annan, sa Cecilia
- Absolut, vi lovar

– Svaret på rättsmedicinska undersökningen av Hilding har kommit. Desirée valde att lämna ut de viktigaste delarna till massmedia för att slippa spekulationer, har ni läst om det i dagens tidning

– Jag har läst det som stod, men förstod inte allt, sa Stefan

– Det är så pass byråkratisk text att det är svårt att förstå vad som egentligen står. Men det texten säger är att Hilding kämpade för sitt liv under flera minuter före han dog, han tappade inte medvetandet direkt han tappat stången

– Usch, så han plågades tills han dog

– Ungefär något sådant. Men det betyder inte att det är något brott, det finns inget som tyder på det så idag beslutade polisen att inte starta en mordutredning, de bedömer dödsfallet som en olycka. Att Desirée berättade för media har gjort att jag inte har sekretess kring den biten och kan diskutera med er. Vi brukar ju alla tre träna med skivstången i källaren och har gjort det under lång tid. Jag tänkte fråga er, har ni någon gång ansträngt en muskel så hårt att den gått av eller att ni tappat vikten?

– Inte jag, sa Lisa

– Inte jag heller

– Skulle ni, om ni tränade själva, lägga träna på så pass tunga vikter på skivstången att ni var osäkra på om ni orkade lyfta den

– Det låter dumt, sa Lisa

Cecilia skakade på huvudet.

– Det är just det, historien går inte ihop. Förstår inte varför en man som har god träningsbakgrund först lägger på alldeles för tunga vikter. När han sedan tappar stången på halsen så svimmar han inte utan klarar av att direkt anstränga sig så pass hårt att han sliter av muskelfibrer. Att han inte trots den ansträngningen inte klarar av att lyfta bort stången är orimligt

– Det låter konstigt, det håller jag med om, sa Lisa

– Vad tror du hände, sa Stefan

– Jag vet inte säkert, men jag är tämligen säker på att det inte gått till på det sättet som polisen tror. Hur det har gått till och vad det innebär vet jag inte. Men det är något som måste fått honom att lasta på alldeles för tungt

Det blev en lång tystnad. Lisa tittade på Cecilia.

– Vad ska du göra av dina misstankar?

– Jag vet inte, jag pratade kort med polisen som ledde utredningen och han tackade för mina tankar men sa att polisen bedömde det hela som en olycka med tappad skivstång. Om inte polisen lyssnar kan jag inte göra så mycket

– Det är bara att hoppas att det var en olycka i så fall

Lisa lutade sig framåt och harklade sig lätt.

– Jag känner till Hilding ganska väl som ni vet, men jag tror aldrig jag verkligen har berättat vad jag vet om honom. Han växte upp i Storuman, precis som jag gjorde. Vi gick faktiskt i samma klass. Han var skolans coolaste kille och alla tjejerna, inklusive jag, hade någon sorts förälskelse i honom. Vi flyttade till Umeå ungefär samtidigt, har följt honom på håll och sett hans företag växa fram. Jag var inte speciellt nära honom men vi var bekanta, vi stannade och pratade när vi sprang på varandra och uppdaterade varandra om vad som hänt sedan sist.

– Förstod inte att du kände honom så pass bra, hur var han som person, frågade Cecilia

– Han var svår att förstå. Det var som att han var flera personer i en. Han var en charmör som kunde få vilken tjej som helst på fall. Men han nyttjade sin charm och krossade många tjejers hjärtan efter att han legat med dem. Han var också klipsk, fast på sitt eget sätt, han var inte speciellt framstående i skolan, men han kunde se andras talanger och kunde utnyttja dem till sin fördel.

Sedan fanns det något obehagligt med honom, jag såg honom riktigt arg en gång, kommer aldrig att glömma glöden i hans ögon. Kändes som att han inte hade några spärrar

– Låter som en hemsk person

– Han var en dryg översittare på många sätt. Men han bråkade aldrig med fel personer, han mobbade svaga och var kompis med de coola. Jag är säker på att många i Storuman blev glada när de fick höra att han dött

– Tror du att någon kan ha mördat honom

– Nu har journalisten vaknat verkar det som. Jag tror att han kan varit inblandad i något kriminellt men inte något allvarligt. Kanske att han skattefifflande lite och körde fula ekonomiska metoder, men någon sorts allvarligare våldsbrott har jag svårt att tro. Men som sagt, det var länge sedan jag hade bra koll på honom

Cecilia kunde egentligen inte diskutera sin egentliga misstanke, att Hilding hade varit med sin älskarinna just före han dog. Desirée hade inte nämnt något om sekretet på penis för media och därmed kunde Cecilia inte diskutera det på grund av tystnadsplikten. "Älskarinnan vet säkert vad som fick honom ur balans under träningspasset".

De satt länge kvar i vardagsrummet där de pratade och drack. Stefan och Lisa blev mer och mer berusade. Väl inne på småtimmarna så reste sig Lisa upp och gick fram till Cecilia. Lisa böjde sig ned och började kyssa Cecilia. Cecilia var förvånad och visste först inte vad hon skulle göra. Hon började sedan kyssa tillbaka. Stefan satt först och tittade, sedan ställde han sig upp och tog dem båda i händerna. De gick sedan alla tre in i Stefans och Lisas sovrum. Cecilia kände frustrationen i kroppen efter allt som hade hänt. Hon ville inte tänka, hon ville bara gå in i sin kropp. Hon försökte koppla bort intellektet och bara låta känslorna styra. Lisa puttade ner Cecilia i sängen och började klä av henne, Stefan lade sig bredvid Cecilia och smekte sakta hennes kropp. Cecilia kände hur hela hon fylldes av åtrå. Cecilia somnade utmattad med ett rofyllt sinne.

Kapitel 8

En man gick visslandes ut på bryggan. Han snubblade till men lyckades hålla balansen trots stor alkoholpåverkan. När han var ända ute på bryggans spets så ställde han sig och såg ut över sjön. Det var en vacker solnedgång han ställde sig att kissa till. Han kunde höra skrålande röster från grannstugan. Plötsligt föll han ihop, slog bröstkorgen hårt i bryggan och ramlade sedan ner i vattnet. Han kände hur han blödde från bröstkorgen när han började simma upp mot vattenytan. "Vad klantigt". Men det tog stop, han kom inte upp. "Jag måste fastnat under bryggan". Han simmade lite i sidled men det var stopp även där, det var som att något höll nere honom. Syret förbrukades snabbt och paniken kom. Koldioxiden började ansamlas och hans tankar blev otydliga. I ett sista desperat försök simmade han allt vad han kunde rakt uppåt. Det lyckades, han bröt helt plötsligt vattenytan med hög fart. Han drog in ett snabbt andetag, men i nästa ögonblick slog han i något hårt med huvudet. Det svartnade för ögonen och medvetandet försvann.

Kapitel 9
Fredag 19:e juni, Midsommarafton

‒ Höj musiken, sa Stefan från baksätet

"Det är som att åka på fest med två tonåringar som fått tag på fulsprit", tänkte Cecilia. Både Lisa och Stefan sjöng med till "Hooked on a feeling" med stor inlevelse, de kunde knappt något av texten men kompenserade med att sjunga desto högre i de partier av låten de faktiskt kunde. De var på väg till några vänners sommarstuga i Tavelsjö ett par mil utanför Umeå. Det var midsommar, Sveriges egentliga nationaldag. Solen sken och det syntes knappt några moln på himlen. "Livet är ändå fantastiskt", tänkte Cecilia när hon satt där, "tråkigt bara att David inte är med". Även om det hade gått tio år sedan han dog så tänkte hon på honom varje dag. Saknaden hade blivit mer positiv med tiden, hon hade lärt sig att fokusera på det fina som de fick. Under de mer än tio åren som de varit tillsammans hade Cecilia varje morgon känt sig nyförälskad, dessutom hade de fått två ljuvliga barn ihop. Livet hade känts perfekt tills mardrömbeskedet en dag kom:
Cancer.
Obotlig.
Månader kvar.
Beklagar.
På något sätt hade de kommit varandra ännu närmare efter cancerbeskedet. Kärleken blev starkare, de blev mer öppna mot varandra, de uppskattade varje stund de fick ihop. Kärleken växte ända tills David en dag lugnt somnade in omgiven av sina kära. Han hade ofta sagt på slutet att han var nöjd med sitt liv även om det blev alldeles för kort. Cecilia visste att han menat det, han njöt av att få leva ända tills sista dagen. Det var många runtomkring som förundrades över att han var fylld av skratt även när slutet närmade sig.

Bilen svängde ner från stora vägen och åkte längs en björkkantad liten väg ner mot sjön. De skulle fira i en typisk sommaridyll. Det låg fyra röda stugor med vita knutar vid vattnet. De vinkade till stuggrannarna, Anita och Fredrik, som Lisa kände från Storuman. När de kom fram till de två sista stugorna mötte Anders och Emelie dem med blomkransar i håret. Det var ytterligare fyra personer till i stugan när de kom, två par och Cecilia var nöjd över att vara den enda singeln. Anders hade flera gånger försökt para ihop henne med diverse tråkiga killar som aldrig hade fallit henne i smaken. Varje gång hade Anders förklarat att just den här killen var den rätta för Cecilia.

Sista åren hade allas barn blivit så pass gamla att de kunde fira barnfritt. Det var något frihetligt i att vara utan barn, de sociala reglerna ändrades tillbaka till vad de var i tidiga tjugoårsåldern. Trots att klockan just passerat elva på förmiddagen hade de som var före i stugan redan hunnit dricka både öl och nubbe. Lunchen bestod traditionsenligt av sill med potatis. Och öl. Och nubbe. Efter det var det lekar hela eftermiddagen. De kastade kubb, spelade boccia, badade, spelade minitennis. Eftersom Cecilia var den endas som inte drack någon alkohol så blev hon tävlingarnas tydliga vinnare. Före middagen blev det dessutom en darttävling mot stuggrannarna där Cecilia stod som vinnare efter en tuff final mot Fredrik.

Lisa hade självmant tagit på sig ansvaret att göra en spellista för festen. Den bestod enbart av musik från sena åttiotalet och tidiga nittiotalet, tiden när festdeltagarna varit mest ute i nattlivet. Det var ett enkelt recept men det fungerade. När spellistan slogs igång drömde Cecilia tillbaka till tiden när hon tillsammans med David dansat sig svettig på diverse dansgolv på deras tågluff genom Europa.

Till middagen dukades upp en buffé med sill, potatis, tunnbröd, sallad och diverse olika spritsorter. Eftersom de alla hade firat midsommar ihop under många år hade de infört traditionen att sammanfatta året som gått i tur och ordning. Anders och Emelie var de två som började, de tyckte båda att deras år hade varit väldigt bra, vilket var extra skönt efter några tunga år. Deras mellanson Peter hade fyra år tidigare sedan fått cancer. Efter en lång och utdragen kamp hade han någon månad tidigare tillslut blivit friskförklarad. Det gick inte att ta miste på deras glädje. Cecilia hade sett det många gånger förut, glädjen över att en anhörig överlevde en svår sjukdom. "Även om det är en klyscha så är det sant, sjukdomar får en att uppskatta livet ännu mer". Cecilia hade bestämt sig att utbilda sig till läkare sent i livet, efter att David hade blivit sjuk Det var just möjligheten att rädda liv och ge folk det där leendet på läpparna som hade alltid hade varit hennes drivkraft. Efter Anders och Emelie var det Cecilias tur, hon var på det stora nöjd över året, var glad över sina två barn. Hade haft det lite jobbigt med all uppståndelse kring Hildings död på slutet, men bortsett från det var det inga direkta missöden.

– Hur går det med kärleken då, undrade Anders
– Långsamt som du vet. Jag hittar ibland personer att dela säng med, men det är ingen som får stanna kvar så pass länge att de får träffa en skvallertacka som dig
– Ouch, var snäll, jag frågar bara av omtanke, sa Anders och log mot henne
– Absolut, av ren omtanke

Lisa berättade om Rosas och Karls bravader, att hon var stolt över att de följde sina hjärtan. Middagen fortsatte med snapsvisor, nubbar, allsång, skvaller. Det var helt enkelt en trevlig kväll.

Det plingade till i Cecilias mobil och hon såg att hon fått ett sms från ett okänt nummer. Hon gick ut och tog lite luft medan hon läste sms:et. Hon läste igenom det både en och två gånger före hon förstod vem det var som hade skickat det. Det var Olivia, hennes gamla kompis från

Östermalmstiden som hon inte hade hört av på säkert tjugo år. Det var kort och kärnfullt: "Såg dig i en artikel och läste att du bor i Umeå. Var länge sedan sist. Jag ska vara på ett möte i Umeå fredag 3 Juli och ska sova över till Lördagen. Vore roligt att ses. Allt gott / Olivia". Cecilia tänkte efter några sekunder sedan svarade hon: "Klart vi ska ses om du är här, jag håller fredagskvällen fri. Kram". Cecilia gick in till dansgolvet igen.

Efter middagen var det dags för bastu. Emelie hade tänt eld i kaminen så bastun var redan uppvärmd när de gick in där och satte sig. Bastun var inte dimensionerad för sju vuxna människor vilket gjorde att de fick sitta tätt intill varandra. Stefan var den första att ge upp.

— Ska någon med och bada av sig lite

Han fick med sig fyra personer. De sprang ut för bryggan och hoppade ner i vattnet en efter en. Stefan fyllde sina lungor med luft före han klöv vattenytan, han kände hur det nästan brände till i kroppen när det svala vattnet mötte hans varma kropp. Han lät kroppen glida sakta genom vattnet, sedan tog han några snabba armtag ut i sjön. Vattnet var precis på gränsen till vad som var behagligt. Det var Cecilia och Lisa som satt kvar i bastun.

— Hur går det egentligen med kärleken Cecilia, hittar du ingen att dela säng med
— Delar den ibland med dig och Stefan som du kanske minns
— Men det är något mer, känner igen den där blicken du har just nu, du har inte haft den på länge

Cecilia skrattade till. Hon reste sig upp och drog med Lisa.

— Nu ska vi bada

De sprang båda ut och kastade sig i det kalla vattnet. Det blev en lång bastusession med mycket öl, badande och skratt.

Anders och Emelie var kvar sist och röjde undan den värsta smutsen.

– Jag tänkte gå och kissa, gå in du så kommer jag efter dig snart, sa Anders och gick ut mot bryggan

– Okey, dröj inte för länge

Emelie tog på sig kläder och gick sedan in i stugan. Inne i stugan var det dans till Lisas spellista. Dansgolvet hade skapats genom att skjuta undan alla möbler mot väggarna. Emelie hoppade skrattandes in i mitten på dansgolvet. Stefan tittade på Lisa och njöt av att se henne skriksjunga med till en Roxettelåt. "Hon är fantastisk", tänkte han. Det var en härlig kväll där ingen förstod att det gräsliga stod och lurade runt hörnet.

Kapitel 10
Fredag 19: juni, Midsommarafton

Emelie sökte med blicken efter Anders men såg honom inte. Hon sökte runt i stugan utan resultat.

– Har du sett Anders, frågade Emelie Cecilia

– Inte sen bastun

– Jag hittar honom inte

– Ska jag hjälpa dig att leta

De gick runt ett varv till i stugan.

– Han kanske satte sig i bastun igen, sa Cecilia

De gick till bastun men fick inte syn på honom. Cecilia började bli orolig, det fanns inte så många fler platser att vara på. Anders var inte inne i stugan, inte på gräsmattan och han var inte i bastun. Hon började springa ut mot bryggan. Där ute i vattnet bredvid båten anade hon något i vattenytan som hon inte ville ana.

– Nej, skrek Cecilia

De sprang båda ut på bryggan. Det blev tydligare och tydligare att det var en människa som låg i vattnet. När Cecilia kom ut till slutet på bryggan såg hon tydligt att det var Anders. Hon kastade sig ner i vattnet och drog honom till bryggan. Emelie hjälpte henne få upp honom. Cecilia kände efter en puls på halsen men hittade ingen.

– Spring och hämta de andra, NU, skrek Cecilia till Emelie

Cecilia började med hjärtlungräddning. Efter de första inblåsningarna kom det upp vatten ur lungorna vilket var både bra och dåligt. Det var bra att vattnet kom upp, men det var dåligt att han hade svalt ner det. Cecilia försökte koppla bort alla känslor och bara fokusera på det som var framför henne. En patient som hade legat för länge i vattnet, han var kraftigt nedkyld och dessutom till synes livlös. Hennes händer tryckte rytmiskt ned Anders bröstkorg, det knakade i revbenen men Cecilia fortsatte på samma sätt. Den som inte varit van vid att ge hjärtkompressioner tryckte nästan alltid för löst, det fanns en tumregel att bröt man inga revben hade man inte tryckt nog hårt. Cecilia tänkte inte bryta mot den tumregeln. Stefan var den som kom utspringandes först.

– Vad händer

– Anders har drunknat, ring en ambulans och säg att vi har en obevittnad drunkningsolycka där vi har startat HLR

Stefan tog upp sin mobiltelefon och ringde 112. Hela gänget kom sedan utspringandes på bryggan.

– Ni som kan hjärtlungräddning får stanna, resten går in till stranden, ni på stranden får ansvar för att fråga de i grannstugan om någon där kan hjälpa till med hjärtlungräddning, ambulansen är tjugo minuter bort så vi är många som måste hjälpas åt

Det fanns ingen tvekan i Cecilias röst, alla gjorde som hon sa.

– Ställ upp er på rad och byt av mig när jag inte orkar längre, Stefan du får ge inblåsningar när jag har gjort trettio kompressioner

Cecilia styrde allt som hände tills ambulansen svängde in på uppfarten. Ambulansmännen sprang ut med en bår och hämtade in Anders till land. De kopplade in honom på hjärtlungräddningsmaskinen och lyfte in honom i ambulansen.

– Det finns bara plats för en person i ambulansen, sa ambulansföraren, vem är närmast anhörig

– Det är jag, sa Emelie

Emelie hoppade in i ambulansen som körde iväg snabbt. Cecilia hoppade in i sin bil och följde tätt efter. Hon åkte själv för att kunna fokusera tankarna. I vanliga fall brukade hon köra väldigt laglydig, men på vägen in till sjukhuset bröt hon mot nästan alla trafikregler som gick att bryta mot. "Han var nedkyld så han kan fortfarande överleva, man är inte död förrän man är varm och död". Det var både en medicinsk fakta och svensk lag att ingen person kunde dödsförklaras förrän personen var uppvärmd. Det fanns många historier på personer som kommit in till sjukhus kraftigt nedkylda utan minsta livstecken, men sedan efter uppvärmning och medicinsk behandling kunnat lämna sjukhuset utan större men. Samtidigt som Cecilia försökte tänkta positivt insåg hon att Anders hade oddsen emot sig.

Cecilia var just bakom ambulansen när den svängde in på ambulansmottagningen. Hon sprang in på akutrummet och mötte där Emelie.

– Vad händer, kommer Anders att död, frågade Emelie

– Jag vet inte, men han får den bästa vård som han kan få.

Cecilia gick fram till läkaren som var traumaledare och berättade kort sin version samt svarade på några korta frågor. Hon gick sedan och satte sig bredvid Emelie. När Cecilia tittade på personalen och såg siffrorna på de olika skärmarna så förstod hon vad som väntade.

– Ska vi gå undan till anhörigrummet, frågade Cecilia

– Det kan vi göra

Emelie var i chock när de kom in i rummet. Cecilia höll om henne och försökte trösta henne, men Cecilia undvek att säga något om huruvida Anders skulle överleva. Efter ett trettiotal minuter kom de andra från festen in i rummet. Lisa hade ringt till Anders och Emelies barn som också var på väg in till sjukhuset. Barnen kom in och kramade om Emelie. Det blev en lång väntan men tillslut kom ansvarig läkare in. Han bad de som inte var närmast anhöriga att gå ut ur rummet. Snart efter att de gått ut hördes Emelies förtvivlade skrik.

Kapitel 11
Lördag 20:e juni, Midsommardagen

Det var en tung stämning som hängde över frukosttrion. Ingen av dem kunde riktigt ta in det som hade hänt kvällen innan. Att livet var orättvist hade de alla fått uppleva, men att drunkna i sin egen sommarstuga var mer otur än någon människa förtjänade.

– Fy fan vad jobbigt för Emelie

– Går inte att förstå, ingen ska behöva tappa sin livskamrat i så tidig ålder

Det blev för mycket för Cecilia. Anders död, att hon varit den som hittat honom, Hildings död. Det blev för mycket på en gång. För mycket död, för mycket som påminde om David.

– Förlåt, det var inte meningen att säga något dumt om David, sa Stefan

– Det är ingen fara, det är bara för mycket nu, David dog efter långvarig kamp mot cancer, det här var något mycket värre

– Hur var det du lärde känna Anders egentligen, frågade Cecilia för att byta ämne

– Vi känner varandra sedan barnsben. Våra familjer umgicks och eftersom Anders bara var två år äldre så lärde vi känna varandra ganska väl. Vi hängde ihop och hånglade till och med en gång mellanstadiet. I tonåren gled vi isär lite, jag var tillbakadragna plugghästen och han umgicks i helt andra kretsar. Men när vi båda hade flyttat till Umeå så hade han lugnat ner sig avsevärt och vi började hänga igen, jag var faktiskt den som presenterade honom för Emelie. Så vi har en lång historia ihop

Efter frukosten åkte de runt och letade efter en blomaffär. De körde in på Emelies och Anders uppfart med en stor bukett i baksätet. En sömndrucken Emelie öppnade dörren.

– Kom in

De gick in och hängde av sig, gav henne blombuketten och kramade om henne. Det fanns inga rätta ord så tystnaden fick råda. Men de var vänner och de ville visa att de fanns där för henne. Emelie hade bestämt att begravningen skulle vara i Storuman.

— Anders hade velat det

Kapitel 12
Fredag 3:e juli

"Kom igång sent med middagen men jag försöker avsluta så snabbt jag kan. Kram", skrev Olivia. Cecilia kände hur det pirrade i kroppen.

– Ska bli kul att träffa henne igen, vi var väldigt nära vänner i slutet av tonåren
– Varför tappade ni kontakten, frågade Lisa
– Jag vet inte riktigt, svårt att säga exakt vad det var, antar att avståndet till Umeå var en anledning

Lisa gav henne en utforskande blick, Cecilia rodnade. Cecilia visste varför de hade tappade kontakten, men hon kunde inte förmå sig att säga något till Lisa före hon hade träffat Olivia.

Det plingade till i mobilen igen och Cecilia gick till badrummet. Hon rätade till kavajen, drog en kam igenom håret, tittade över sminket en sista gång.

– Hoppas du har det trevligt
– Ingen fara, vi ska nog bara gå en promenad och kanske ta ett glas vin eller något sådant
– Stanna inte ute för länge bara

Cecilia hoppade upp på cykeln och började trampa mot centrum. Hon ställde cykeln på en parkering vid Rådhustorget och traskade ner mot älven där de hade bestämt att mötas. Hon såg Olivia på långt håll, hon stod i en röd klänning och hade en svart kavaj utanpå. Det långa blonda håret var utsläppt och hon hade höga klackar. Cecilia visste inte om hon skulle nicka eller vinka så hon gjorde något mellanting genom att höra handen bara litegrann och nicka samtidigt.

– Hej, vad roligt att se dig, sa Cecilia
– Hej, detsamma

De gav varandra en kort kram.

– Vad säger du, ska vi gå en promenad, frågade Cecilia

- Låter bra, du får visa mig runt
- Finns inte så mycket att se tyvärr
- Jaha

Det blev en lång tystnad och sedan började de gå österut mot Cecilias hus. Cecilia frågade om mötet och Olivia berättade att hon satt i företagsstyrelsen för ett Stockholmsbaserat företag som hade en underavdelning i Umeå. De hade gjort ett studiebesök igår och hade haft styrelsemöte idag.

- Vad har du gjort idag, frågade Olivia
- Inget särskilt egentligen, läst lite böcker och fixat hemma

Det småpratade om sina liv medan de fortsatte gå efter älven.

- Här uppe bor jag i den där röda villan
- Jasså, ser fint ut
- Det är det
- Ska vi inte gå in och titta närmare
- Passar sig inte just nu, Stefan och Lisa är hemma
- Jaha
- Jag bor med dem, kanske glömt att säga det
- Okey, som i ett kollektiv eller är du tillsammans med någon av dem
- Inte tillsammans med någon av dem, vi flyttade ihop när David levde, vi tyckte det var smidigt att bo ihop när barnen var små och sedan har vi trivts så bra att vi bott kvar
- Så du har ingen partner
- Nej, inte för tillfället. Har du
- Nej

De gick över Kyrkbron till andra sidan älven.

- Har du kontakt med någon från högstadiet, frågade Cecilia
- Några stycken, har du

– Ingen alls, har funderat många gånger vad som hände med alla från förr

– Fråga på, jag har koll på de flesta

Cecilia frågade om alla hon kunde komma på. När hon inte kunde komma på någon fler så var de framme vid Scandic Plaza där Olivia bodde.

– Vad roligt att träffa dig, sa Cecilia

– Detsamma, det var verkligen roligt

Cecilia började göra sig redo för att gå.

– Du ska inte upp och se utsikten från hotellrummet, jag bor högt upp

– Det låter trevligt

Olivia bodde på näst högsta våningen och de kunde se ut över hela staden.

– Har aldrig sett Umeå på det här sättet förut

– Visst är det vackert

– Jag har lite te och kakor om du vill ha

– Det vore gott

De åt kakor och drack te. Cecilia frågade hur det var att arbeta som jurist, Olivia frågade hur det var att arbeta som läkare. Tiden gick på och samtalet dog ut mer och mer.

– Jag kanske ska gå nu

– Ja, du kanske ska det

Cecilia gick sakta till dörren. Hon tog på sig kavajen. "Vad håller jag på med", tänkte hon när hon vände sig mot Olivia.

– Roligt att se dig som sagt

– Verkligen

De gav varandra en kram som de höll i lite för länge. När de gled ur kramen så stannade de med ansiktet några centimetrar ifrån varandra. Cecilia böjde sig sakta framåt, hon gav Olivia en stilla puss på munnen utan att få något gensvar. "Fan, nu har jag gjort bort mig, jag tolkade situationen helt fel".

– Förlåt, jag vet inte vad...

Före Cecilia hade avslutat meningen så hade Olivia tryckt upp henne mot väggen och fångat henne i en kyss. De gick mot sängen samtidigt som de fortsatte kyssas, de tog av varandra kläderna så gott det gick utan att sluta hångla. När de hade tagit av varandra till underkläderna så puttade Olivia ner Cecilia i sängen. Cecilia lyfte på rumpan så att Olivia kunde ta av trosorna, när sedan Olivias tunga mötte Cecilias blygdläppar så gick det en skälvning genom hela Cecilias kropp, det kändes som att hon inte längre kunde kontrollera sina muskler, det började rycka i vänsterhanden och hon var tvungen att bita sig i tungan så hårt att hon kände blodsmak för att inte skrika rakt ut.

Efter sexet låg de länge i varandras famn.

– Jag visste inte vart jag hade dig, när jag böjde mig fram och pussade dig och du inte pussade tillbaka så trodde jag att det var kört

– Du var inte ensam om att vara osäker. Trodde samtalet var så stelt för att du egentligen inte ville se mig

– Det var det inte, jag förstod inte hur glad jag var över att se dig förrän du stod där, jag visste inte hur jag skulle bete mig

– Inte jag heller som du kanske märkte, i vanliga fall kan jag hantera i stort sett vilka sociala situationer som helst

De låg kvar i omfamningen.

– Vad det det här du hade hoppats på när du sms:ade mig i midsomras

– Vet inte, jag hade egentligen inte tänkte sms:a dig, men när jag blev full så kände jag ett starkt behov av att höra av mig, suddade sms:et flera gånger men tillslut så skickade jag det bara

– Det var bra gjort

Cecilia gick upp och hämtade lite vatten till dem båda. De låg kvar länge och pratade, hade sex i två omgångar till. När Cecilia gick hem på morgonkvisten så var det som att allting jobbigt sista veckorna var helt bortblåst, hon kände sig fnittrig och kunde inte sluta le.

Kapitel 13

En kvinna åkte på trottoaren i sin permobil. Det var en fin sommardag och hon hade unnat sig några timmar ledigt. Det var dags för årets första mjukglass på stan. De höll på att byta ut en golvbrunn på trottoaren så hon var tvungen att åka ner med permobilen på själva bilvägen. Det var en liten kant som assistenterna hjälpte henne ned. Hennes två assistenter gick en bit bakom henne och pratade om någon fotbollsmatch, det passade henne bra, just nu ville hon vara själv i sina tankar och bara njuta av den ljuvliga sommarsolen. "Efter nästa styrelsemöte lovar jag mig själv att ta helt ledigt två veckor". Längre bort efter gatan så såg hon en lastbil komma körandes, en äldre man var ut och gick med sin hund, en kvinna gick och läste något i vad som såg ut som en läsplatta, ett tonårsgäng pratade högt. Plötsligt så ökade permobilen farten. Kvinnan drog styrspaken rakt bakåt för att stanna men inget hände, hon skrek till när permobilen svängde in framför lastbilen. Chauffören bromsade men hade inte en chans. Kvinnan krossades under lastbilens framdäck samtidigt som hon tänkte, "vad i helvete händer". När lastbilen hade stannat krävdes det ingen medicinsk expert för att inse att kvinnan redan var död.

Kapitel 14
Fredag 10:e juli

Spekulationerna kring Hildings död hade minskat drastiskt efter att polisen lade ner förundersökningen. Cecilia slapp se sin bild i dagstidningarna.

– Kolla här Cecilia, kände du inte henne på något sätt, frågade Lisa

Cecilia tittade på artikeln i Folkbladet, "Kajsa Johansson död i tragisk olycka".

– Kände och kände, visste vem hon var, men kände inte henne personligen

– Hon körde in med permobilen framför en lastbil, polisen misstänker att hon styrde fel och drabbades av panik. Maximal otur

– Eller karma, mummlade Cecilia

Det var fredag, dagen före Anders begravning. Stefan, Lisa och Cecilia åkte upp till Lisas föräldrar för att slippa köra tidigt på lördagen. De hade många gånger tidigare åkt upp till Västerbottens inland ihop, men skillnaden var att det i vanliga fall brukade vara resor fyllda av skratt. Nu var det en helt tyst bilfärd.

– Det här går inte, vi måste prata om det här. Det var förjävla jobbigt. Men vi måste försöka prata om det, sa Lisa

– Jag vet, men vad säger man, Anders dog samtidigt som vi stod skrattade och dansade inne i stugan. Om bara någon hade varit med honom hade det aldrig hänt

Det blev en lång tystnad.

– Är ni också arga på er själva för att ni inte märkte det tidigare

– Ja. Kommer nog aldrig förlåta mig själv att jag inte följde med in i bastun igen när han föreslog det

Cecilia tittade ut genom rutan.

–   Ingen mår bättre av att vi anklagar oss själva. Vi gjorde inget fel men det gick fel, det gick helt fel. Ska vi inte försöka prata om något positivt om honom istället

Alla tre var överens om att Anders var en av de bästa personer de kände, han var trevlig mot alla han träffade och hade ett stort hjärta. Dessutom var han en person de kunde lita på när det verkligen gällde. Anders varit en av de där personerna som gjorde det oväntade som fick alla att skratta, han spred glädje runt sig.

Väl framme i Storuman åkte de förbi Coop och köpte lite godis till kvällen. Lisa hejade på många av de andra kunderna i butiken och stannade till för att prata med tre av dem. Cecilia kände ett stygn av avundsjuka, hon ville också ha en plats där hon människor kände igen henne, någon plats där hon inte bara var en i mängden. Lisas mamma Eva kom och mötte dem på garageuppfarten.

–   Vad roligt att ni kommer, sa Eva glatt
–   Det är begravning mamma
–   Men inte idag, får jag inte vara glad över att se min lilla prinsessa

Eva och Lisa liknade varandra lika mycket utseendemässigt som de var olika till person. Eva hann på vägen in i huset berätta om att de skulle renovera köket, att Martin hade skjutit en stor älg och att grannarna Larssons hund nyss hade dött i en bilolycka.

–   Kan vi få lite tid att hänga av oss och komma i ordning, vi kommer ut snart mamma

Lisa stängde dörren medan Eva fortfarande pratade.

–   Hon är ju jättetrevlig, sa Stefan
–   Min mor vill väl men jag kan bli galen på henne om jag är här mer än en dag
–   Jag tycker att hon är snäll i alla fall, hon har ett gott hjärta, sa Cecilia

De hängde upp finkläderna som de skulle ha till begravningen. Eva hade bäddat dubbelsängen till Stefan och Lisa och lagt en madrass på golvet åt Cecilia. De bäddade sina sängplatser och gick sedan ut i köket.

– Jag såg att du var med i tidningen kring Hildings död, frågade Eva. Hur var det när han kom in till akuten?

– Jag kan inte riktigt prata om det, sekretess som du förstår

– Jaha, det finns ju sånt tydligen. Jag trodde först att han blivit mördad, blev lite förvånad att det bara var en olycka

– Du misstänker alltid det spektakulära mamma

– Men i hans fall vore det inte konstigt. Både Hilding och hans far hade många fiender. De var stora på sig, trodde att de var bättre än oss andra. Men nu ska vi inte prata om det. Vad tråkigt att Anders dog, och så tragiskt dessutom att han drunknade, han som hade hållit på med simning och allt. Han var omtyckt här i bygden, det är många jag träffat som tycker att det som hände är så tragiskt

Middagen bestod av potatis och Älgstek. Martin hade skjutit älgen själv vilket Eva stolt påpekade.

– Men berätta, hur går det för dig i storstan Lisa, frågade Martin

– Det går bra, jag trivs bra med livet, Rosa och Karl mår dessutom bra

– Har du fått något fast jobb ännu

– Jag fortsätter leta

– Det är konstigt, du som är så klok borde kunna hitta något

Lisa hade för länge sedan gett upp försöken att förklara för sina föräldrar att hon faktiskt hade ett jobb, hon arbetade som frilansande konsulent. I Lisas föräldrars öron var det samma sak som att säga att hon var arbetslös. Martin arbetade i skogen och Eva arbetade deltid på äldreboendet. Det var två arbeten som gick att förstå. Men med tiden hade Lisa lärt sig att acceptera sina föräldrars oro för henne, hon förstod att det var omtanke som drev dem. De hade alltid stötta henne i hennes livsval, även om de inte kunde förstå varför hon valde som hon gjorde. Martin hade gjort försök att knyta band till Stefan men efter några misslyckade fisketurer hade de båda insett att det enda de hade gemensamt var kärleken till Lisa. Rosa och Karl hade däremot kommit Eva och Martin nära. Båda barnen for själva upp någon helg per år för att umgås med mormor och morfar. Lisa hade många gånger hört Eva prata om sina barnbarn för bekanta, det gick inte att ta miste på stoltheten hon kände när hon berättade om deras liv. "Jag har tur som har så fina föräldrar, även om de retar mig till vansinne ibland".

Kvällen bestod av att Eva berättade om allt som hänt olika personer i byn. Lisa kallade det skvaller, men Eva ansåg att det var information som hon berättade för att hon brydde sig om de andra byborna. Motvilligt så blev Lisa trots allt intresserad över vilka som hade gift sig, vem som hade fått ett missfall, rykten om otrohet. Lisa märkte att Stefan roat såg hennes intresse för skvallret, men det var så intressant skvaller att Lisa kunde acceptera Stefans roade blickar. Eva och Martin gick och la sig tidigt i gästrummet. Kvar satt Cecilia, Stefan och Lisa. De pratade om barndomen, hur det var att växa upp på olika platser, Lisa i Storuman, Stefan i Umeå och Cecilia på Östermalm. Tillslut var det för sent för att sitta uppe. Att Cecilia inte skulle sova på golvet var självklart för dem alla tre så de la sig bredvid varandra i dubbelsängen. Stefan och Cecilia hade tänkt att sova men Lisa hade andra tankar. "Eva skulle få hjärtinfarkt om hon förstod vad som hennes dotter gör i det här rummet", tänkte Lisa samtidigt som hon tog av både Cecilia och Stefan deras underkläder. Lisa dubbelkollade flera gånger att sovrumsdörren var låst före hon somnade.

Kapitel 15
Lördag 11:e juli

Lisa gick några steg före Stefan och Cecilia och funderade. Det var en molnig men varm sommardag, några barn sprang omkring mellan villorna och hade vattenkrig. Kontrasten mellan skrattande barn och en begravning fick Lisa att rysa till, även när man skrattade var man bara några sekunder från döden. En bil som fick sladd in på gården, ett barn som ramlade på en kratta och skar upp halspulsådern, eller bara fallolycka på en brygga. "Att inte fler människor dör i olyckor är svårt att förstå". Hon stannade upp, det var något med den tanken som fick henne att rysa till, hon kunde inte sätta fingret på vad det var men det var något som inte riktigt stämde. Tankarna avbröts när Eva och Martin kom ifatt henne.

– Vad tur att det inte regnar, det är så tråkigt med regn på begravningar
– Det är nog en ganska hemsk dag ändå mamma
– Det är det, men det hade varit ännu värre om det var regn

Parkeringen var full och det stod många bilar på gräsmattan framför kyrkan. Det var tydligt att Anders hade haft många vänner och varit omtyckt. Kyrkan var smockfull, folk stod utefter sidorna och alla bänkrader var fyllda till sista platsen. Emelies barn hade hållit några platser åt de närmaste vännerna så de fick sittplats på andra raden.

Anders och Emelie hade inte varit gifta men för att slippa bekymmer vid en eventuell död hade de skrivit testamente så att de fick ärva varandra, ingen av dem ville riskera att deras eventuella pengar skulle hanteras på samma sätt som Stieg Larssons arv. I testamentet hade det också stått önskemål kring en begravning. Emelie hade planerat allt enligt Anders önskemål. Den som hade förväntat sig en traditionell kyrklig begravning blev besviken. Begravningen började med att prästen pratade kort om Anders. Han hade haft honom som konfirmand för många år sedan, prästen berättade om hur Anders varit en busig ung man som fått kamraterna att skratta med sina hyss. Efter det fylldes kyrkan av tonerna från Roxettes Youride. Anders gamla band stod på en upphöjning och spelade. Lisa var glad för sig själv, det var en begravning som Anders skulle gillat. Efter sången följde två tal från Anders och Emelies barn. När det var dags att gå fram och ta avsked vid kistan spelades låten Mmmbop. Stefan kände tårarna rinna ner för kinderna. Han saknade redan Anders, med tiden hade de blivit närmare vänner än vad Stefan egentligen förstått. De hade haft många samtal där de diskuterade sina innersta tankar. När Lisa la en röd nejlika på kistan så hukade hon sig och sa till kistan "Vi ses igen min vän, om himlen finns hoppas jag du sparar en plats till mig". För Cecilia var det blandade tankar som fladdrade förbi, Davids begravning, hur hon drog upp Anders på bryggan, dödens oåterkallelighet. Emelie höll ett långt tal som avslutning, hon berättade om sin älskade livskamrat. Hon bad de församlade att minnas Anders som en levnadsglad person, "tänk på något roligt ni gjort ihop, lägg det minnet i hjärtat och försök att plocka fram det varje gång ni tänker tillbaka på honom". Kistan bars ut under tonerna från Chesney Hawks "I am the one and only"."Det var fint, det blev Anders begravning", tänkte Lisa när hon gick ut från kyrkan. Utanför kyrkan hade solen tittat fram samtidigt som det hade börjat regna. En regnbåge skymtade i fjärran. Kistan åkte iväg, sedan gick begravningsgästerna mot en gymnastiksal, det fanns ingen annan plats där så många människor hade rymts. Det stod fem rader med bord uppdukade, mittersta bordsraden var täckt av tårta och annat fika. Lisa satte sig bredvid Anita och Joakim. Hon mindes Anita som liten och spinkig men nu var hon och Joakim var båda riktigt vältränade. Stefan och Cecilia följde med Eva och Martin och satte sig bredvid Desireé, Harald och Novalie.

- Det var en fin begravning, eller hur, sa Lisa till sina barndomskamrater
- Det var det verkligen, Anders hade säkert varit nöjd, sa Joakim
- Det känns så konstigt, det vara bara några veckor sedan som jag tränad ihop med honom och Hilding på företagsgymmet, sedan dör Anders genom en drunkningsolycka vid sin egen brygga samtidigt som vi firar midsommar i stugan bredvid, sa Anita

De slog sig ned vid ett bord, trots att de alla tre allihop länge hade bott i Umeå så hade deras vägar sällan korsats. Lisa berätta om sin familj, sitt arbete. Joakim berättade om att både han och Anita arbetade på HESU, de bodde centralt men hade inga barn ihop. När Joakim berättade att de inte hade några barn så sänkte Anita blicken. Lisa förstod vinken och bytte samtalsämne från barn till arbete.

- Men hur fungerar det med företaget nu när Hilding har gått bort
- Det fungerar faktiskt bra, även om Hilding var viktig så har hans barn fyllt hans skor, sa Joakim
- Det gjordes faktiskt ett uppköpsförsök av en konkurrent dagarna efter att han dog, men styrelsen lyckades stoppa det, det känns som att det kommer att gå bra, sa Anita

När Cecilia pratade med Desiree så förstod hon att Hilding varit nära vän med Anders under deras uppväxt och att de fortfarande umgåtts mycket de sista åren. Desireé hade varit mycket i Storuman och hade lärt känna många i byn. Cecilia och Stefan fick därför höra Eva och Desireeallt skvallra för varandra om allt som hade hänt deras gemensamma bekanta. Även om Stefan inte helt förstod vilka personerna i skvallret var så var det fängslande, när Stefan började ställa följdfrågor till Eva så lyste hon upp.

När de satt i bilen på väg tillbaka till Umeå så satt de alla tre i tankar som väckts under begravningen. Stefan tänkte på Anders, han saknade sin vän. Cecilia tänkte på David och Olivia. Lisa satt och försökte sätta ord på den där tanken som hade kommit till henne när hon såg barnen leka vattenkrig. Hon förstod att det var en viktig känsla, men hon förstod inte varför den var viktig.

Kapitel 16
Onsdag 16:e juli

Stefan gick från Stockholms centralstation i riktning mot Riksdagshuset. Det var en molnig dag och det duggregnade. Det var en onsdag så det var ovanligt få turister som han mötte på Drottninggatan. Han lyssnade på en ljudbok och tittade in i skyltfönstren han passerade. När han kom fram till riksbron över till riksdagshuset så ställde han sig vid räcket och väntade på en vän. Det var något speciellt att se ut över det som formellt var medelpunkten för Sveriges demokrati. Men det var inte enda anledningen till att Stefan tyckte om den platsen han stod på, det var dessutom en av de absolut bästa platserna i Sverige om man ville snappa upp nyheter före de hände. De flesta politikerna gick över bron på sin väg in i riksdagshuset. Stefan brukade fråga de han kände igen vad de arbetade med för tillfället och om något var på gång. De flesta svarade sanningsenligt vilket gjorde att Stefan några gånger fått reda på en stor nyhet först av alla journalister. Många journalistkollegor brukade muttra bakom hans rygg när han varit först med en nyhet. Ibland sa de att Stefan sålt sin journalistiska integritet till politikerna, ibland var anledningen att han var polare med politikerna, ibland var anledningen att han var en kommunistjävel. Stefan hade aldrig riktigt förstått hur kollegorna fick ihop att han var både en kommunistjävel och dessutom kompis med de borgerliga politikerna som styrt Sverige under åtta år.

Efter några minuters väntan kom Knut och knackade Stefan på axeln.
- Men tjenare, roligt att se dig, sa Knut och omfamnade Stefan
- Detsamma
De hade bestämt att de skulle titta på en utställning på fotografiska museet så de började promenera. De pratade

gamla minnen. De hade i unga år båda varit idealister som rest till krigshärdar för att visa upp "krigets rätta ansikte". Men när de blivit överfallna under en gemensam reportageresa i Sudan hade de båda slutat med krigsjournalistiken av hänsyn till sina familjer. Med tiden hade de mer och mer glidit isär journalistiskt. Stefan ville granska makten och hoppades att hans journalistik kunde förbättra världen. Knut hade istället blivit krönikör på Expressen och på många sätt omfamnat makten. Men även om livet hade tagit olika svängar så var de fortfarande nära vänner. De gick på fotoutställningen på fotografiska och sedan satte de sig i restaurangen som hade utsikt över vattnet. Det blev ett långt samtal om livet och lite allt möjligt. När middagen led mot sitt slut så tittade Knut sig omkring och böjde sig framåt mot Stefan.

— Har du läst mycket om Kajsa Johansson

— De har jag, hon dog i Umeå så det har varit stort i de lokala medierna

— Det var så att jag höll på med ett reportage om Kajsa Johansson före hon dog. Jag hade en källa med god insyn i KJ Välfärd, källan gav mig massa material som visad hur Kajsa begick skattebrott och var inblandad i många konstiga affärer. Problemet är att Expressen aldrig kommer att våga publicera något negativt om Kajsa nu när hon är död, det skulle slå tillbaka hårt på tidningen att attackera en död person som dessutom var handikappad

— Det låter rimligt, ni skulle framstå som den onda kvällstidningen mot den stackars rullstolsburna kvinnan som inte ens kan försvara sig

— Något i den stilen. Men det är att det är massa bra material. Några av delarna är extra intressanta och jag tror att det finns något ännu större under ytan. Jag kan inte berätta mer just nu, men jag har allt material på en USB-sticka som jag kan de dig ikväll

Stefan skulle vara konferencier på en utbildningskväll med avslutande paneldebatt. Sista året hade han börjat få erbjudanden om att leda diverse seminarier och paneldiskussioner, hans bok hade öppnat många nya möjligheter. Han kom i god tid till medborgarhuset och träffade arrangörerna. Rubriken för kvällen var "Individuell media - hot eller möjlighet". Ämnet hade fått stor viss uppmärksamhet när en undersökning släpptes några veckor tidigare som visade att i stort sett alla ungdomar hämtade nyhetsinformation på hemsidor som stödde deras världsbild. Liberala ungdomar hade sina hemsidor, socialistiska ungdomar sina hemsidor och högerextrema ungdomar sina hemsidor. Det innebar att de flesta ungdomar sällan stötte på information som motsade och utmanade deras världsbild. Ämnet hade blivit ännu mer aktuellt efter ett terrordåd i Danmark där en man med högerextrema åsikter planerat att mörda hela regeringen under ett möte, mannen hade dödat en vakt men blivit skjuten av polis före han kom in till regeringssammanträdet. Polisundersökningen visade att mannen som hade försökt utföra terrordådet hade varit aktiv på fascistiska hemsidor där den allmänna synen var att Europa höll på att islamifieras samt att judarna styrde världen.

Kvällen började med föreläsning kring marknadens lösningar, bara marknaden blev fri skulle media bli fri och alla personer skulle fatta rationella beslut och ta in information från flera olika håll och väga samman den. Andra föreläsningen gick tvärtemot, den var mer av det akademiska slaget och visa tydligt underlag för att enda sättet att skapa en media som med god journalistik kunde ge en nyanserad världsbild var genom att ha ett system med presstöd till olika mediakanaler. När sedan paneldebatten startade fortsatte de två synsätten krocka, några av deltagarna trodde att det var presstödet som förstörde media, några av deltagarna bedömde presstödet som den enda räddningen. Stefan försökte vara neutral men han hade svårt då hans egen uppfattning var att presstödet var en förutsättning för en nyanserad mediabild i Sverige.

Efter paneldebatten så var det några som kom fram och berömde Stefan. Han tackade glatt. När de flesta personerna hade lämnat lokalen så fick Stefan syn på Knut som böjde huvudet åt sidan för att visa att han tänkte gå hem. Stefan sade hejdå till de som var kvar och gick ut och hämtade jackan. På väg ut ur kulturhuset så kom Knut upp bredvid honom.

– Ursäkta att jag inte kom fram till dig, men jag jobbar med en av journalisterna i paneldebatten, skulle inte passa sig att jag kom fram till dig där inne

De gick vidare hem till Knut. På vägen passerade de ett gäng skrålande ungdomar med backslick som var på väg till Café Opera. Knut stannade framför ett stenhus som låg bredvid Kungsträdgården. Han öppnade ytterdörren och de gick upp tre trappor till den översta våningen. De gick in i en trerumslägenhet med högt i tak. Lägenheten hade en balkong som vette ut mot Kungsträdgården. Stefan hade varit där tidigare men blev lika förvånad varje gång över hur fin lägenheten var. Väggarna var täckta av kopior på renässanskonst och inredningen var spartanskt med bara ett fåtal möbler i mörkt trä. I vardagsrummet hade Knut låtit bygga en bokhylla som gick ända upp i taket.

– Du bor fint, det känns hemtrevligt, lite som att jag kommer hem när jag kliver innanför trösklarna

– Tack, jag trivs bra i alla fall

Knut tog fram två glas och en flaska vitt vin. De satte sig i fåtöljerna framför den öppna spisen i vardagsrummet.

– Som jag berättade har jag intressant information kring Kajsa Johansson. Men före jag börjar prata mer måste jag vara tydlig med att min källa har källskydd så jag kan inte berätta vem det är och du får inte eftersöka hen.

Dessutom så vill jag aldrig att varken mitt namn eller Expressen nämns. Är det okey?

- Det låter rimligt, det är klart ni båda är skyddade av källskyddet

- Bra då kan jag fortsätta. Som jag sa har jag arbetat med ett avslöjande reportage om Kajsa Johansson, jag var egentligen klar men ville bara gå igenom alla lösa trådar så jag inte missade något. Det är en bra story och jag ville inte att den skulle falla på att jag missade i någon liten detalj. Kajsa Johansson äger som du vet KJ Välfärd som bland annat håller på med personlig assistans och äldreomsorg, hon har fått massa priser för sitt entreprenörskap

- Det är jag medveten om

- Du kanske dessutom vet att hon har ett rykte av sig som en hård affärskvinna, hon behandlar tydligen sina anställda väldigt dåligt och hotar alla som kämpar emot henne med företagets jurister

- Det har jag läst om

- Men det du inte vet är att hon förutom att vara en hård hänsynslös chef också är inblandad i skumma affärer. Hon var stor delägare i aktiebolaget Minerva Holding, hennes ägarskap sköttes via diverse utländska brevlådeföretag som jag aldrig hade hittat utan uppgifterna jag fått från min källa. Minerva är ett företag som officiellt sysslar med valutaspekulation och fastigheter. Men företaget sysslar i huvudsak med andra saker såsom vapensmuggling, tvättning av pengar, avancerad olaglig skatteplanering och liknande

- Oj. Har du någon täckning för det här

- Jag har täckning för det mesta men inte har ännu inte hittat bevis för allt. Jag var dock redo att konfrontera Kajsa med uppgifterna om Minerva Holding, men av förklarliga skäl kommer det aldrig att bli av

- Men vad tänker du att jag ska göra med materialet
- Du får göra vad du vill, Expressen vill inte längre publicera det och de vill inte att jag lägger arbetstid på att gå igenom materialet något mer. Men jag tycker att materialet är för bra för att det bara ska gömmas undan. När Kajsa är död krävs det dock mycket mer arbete förrän materialet går att publicera, du är den jag känner som jag tror skulle vara intresserad av gå igenom allt detta
- Det låter sannerligen intressant
- Dessutom finns det några till delägare som också sköter ägandet via diverse brevlådeföretag. Jag har inte hunnit kolla upp det. Men jag får intrycket av att det är några högt uppsatta personer som är inblandade

Det var så pass sprängande nyheter att Stefan hade svårt att koncentrera sig under resten av kvällen. Samtalet fortsatte men Stefan var inte riktigt där.

- Ursäkta att jag är lite frånvarande men du släppte en journalistisk bomb
- Ingen fara, förstår dig
- Men vad säger du, ska vi gå till sängs lite tidigare istället så jag får tankarna på något annat

Det tog lång tid förrän Stefan kunde vara helt närvarande i sexet.

Kapitel 17
Lördag 18:e juli

Cecilias dotter Moa var hemma från London så Cecilia hade lovat att bjuda på stormiddag. Moa var tjugotvå år gammal och pluggade i London, hennes tjugoåriga bror Hjalmar jobbade inom hemtjänsten och höll på att spara ihop pengar till en jordenruntresa. Stefan, Lisa, David och Cecilia hade tjugotre år tidigare köpt huset där de fortfarande bodde tillsammans. Året efter hade båda paren fått sina första barn, efter ytterligare två år efter kom båda parens andra barn. De hade bott ihop hela tiden sedan dess, nu bodde tre av barnen i ett uthus som bestod av fyra små lägenheter, Moa hade sin lägenhet uthyrd i andra hand. Alla i den utvidgade storfamiljen ville träffa Moa, eftersom både Rosa och Hjalmar skulle ta med sig sina pojkvänner skulle de bli ett stort middagssällskap.

Moa och Hjalmar kom någon timme före de andra för att hinna träffa Cecilia före middagen. Cecilia förhörde barnen om livet. Moa berättade gärna om sina studier men var nog med att inte berätta något om sitt kärleksliv, Cecilia fick intrycket av att det var vidlyftigt.
– Så länge du är lycklig är jag nöjd, sa Cecilia, du kan berätta mer om London när de andra kommer
Hjalmar sa att han fokuserade på hemtjänsten, datorspelande och sin springträning. Han hade blivit en av Sveriges bästa DOTA-spelare. Han förklarade att om det gick bra för hans lag skulle han få åka på världens största datorturnering, The International. Cecilia försökte stötta sina barn i alla deras intressen, men trots det lyckades hon inte visa någon entusiasm över Hjalmars spelkarriär. "Jag har nog fler konservativa drag från föräldrarna än vad jag vill erkänna". De småpratade medan de förberedde maten. Cecilia stannade upp när hon hackade tomater.
– Visst vet ni att jag älskar er båda två väldigt mycket

– Tack mamma, det vet vi

De andra droppade in en efter en. Alla ville höra om Moas Londonliv. Samtalet blev livligt och alla pratade i mun på varandra. Moa berättade många dråpliga historier från London, Cecilia fick dock intrycket att hon hade lämnat ute många delar av berättelserna som hon senare skulle berätta för sina bonussyskon. Stefan berättade om hur det var att vara halvkändis. Lisa berättade om senaste ministermötet. Johan sneglade några gånger under middagen på Cecilia, han stirrade dock inte på samma sätt som vid förra middagen de haft ihop.

– Jag hörde att du har grävt ner dig sista tiden i något journalistjobb. Vad är det du håller på att avslöja, frågade Moa

– Kan inte berätta det än tyvärr, men om jag lyckas få ihop det ska jag visa det för er alla

"Det måste vara något stort, han har varit frånvarande nästan hela sista veckan", tänkte Cecilia. Middagen fortsatte länge. Alla utom Cecilia drack alkohol så ljudnivån ökade kontinuerligt under kvällen.

– Ska vi gå ut ihop allihop, det har vi aldrig gjort förut, sa Hjalmar

Alla tyckte att det var en god idé. Efter en halvtimme gick de alla i samlad trupp till Teatercaféet. De sökte sig allihop till dansgolvet. Cecilia kände sig väldigt gammal då medelåldern på stället var under tjugofem. Men efter lite dansande så kände hon sig som tjugo igen, alla de yngre i sällskapet verkade tycka att det var roligt att de äldre följde med så det var bara att släppa loss. Cecilia älskade att dansa. "Jag har tur, mina barn tycker om mig nog mycket för att ta med mig ut och dansa". När Lisa, Cecilia och Stefan dansat sig trötta så gick de och satte sig vid ett bord och vilade.

– Vad säger ni, ska vi dansa lite till och sedan gå hem, frågade Stefan

– Det låter bra, kan du inte köpa lite att dricka först, sa Lisa
Stefan gick till baren och ställde sig. När han stod där ställde
sig två yngre tjejer bredvid honom. En blond och en brunett.

– Jag visste inte att du brukade komma hit, sa blondinen

– Det brukar jag inte heller, svarade Stefan

– Vad roligt att du var här idag i alla fall, sa brunetten

– Ursäkta, jag känner igen er båda men jag kan inte riktigt
placera er

– Du sårar oss, sa blondinen

Stefan kände igen dem. Det var de två tjejerna som kommit
fram till honom efter en föreläsning under våren.

– Vad vill du beställa, frågade Bartendern

– Öhh, ingenting, svarade Stefan och vände sig om och gick
iväg

När han kom fram till Lisa och Cecilia sa han.

– Vi måste gå, jag förklarar senare

– Ingen stress, vi skulle ju dansa

– Men det funkar inte, jag förklarar senare

När gick förbi de två tjejerna på vägen ut så sa blondinen till
Stefan

– Ring mig om du vill ha roligt med en yngre tjej någon
gång

Lisa och Cecilia skrattade hela vägen hem när Stefan
förklarade varför de varit tvungna att gå.

De var inte redo att somna så de gick till bastun tillsammans.

– Antar att ni undrar vad jag arbetar med

– Det gör vi, du har varit totalt frånvarande sista veckan

– Ni får inte berätta det här vidare. Inte till era barn, inte till
någon. Jag har fått uppgifter om att Kajsa Johansson var
delägare i ett företag som sysslade med grov brottslighet.
På ytan ser det ut att vara ett legitimt företag inom

finansbranschen, men de sysslar med alltifrån pengatvättning till människohandel

– Är du säker

– Helt säker. Minerva Holdings heter företaget. Jag har fått informationen från en källa som verkar ha väldigt god insyn i företaget. Jag har inte träffat källan personligen men jag har fått uppgifterna via en person som jag litar på. Påståendena kändes för osannolika, jag har varit tvungen att kolla upp det. Allt jag kollat upp hittills stämmer

– Vilket scoop. Vad ska du göra med det

– Ärligt talat så vet jag inte exakt hur jag ska publicera det. Men på något sätt ska det bli ett stort avslöjande. Problemet är bara att jag har två tusen sidor som består av alltifrån mail till kontoutdrag. Det är ingen struktur i det jag fått så det är svårt att få överblick över det som sker. Jag är i alla fall säker på att Kajsa var delägare i Minerva och att de håller på med grov brottslighet. Men jag kommer att behöva mycket hjälp före jag kan gå ut med det här. Problemet är att jag inte känner någon journalist som jag tror kan avvara någon månad för att hjälpa mig med det här

– Jag kan hjälpa dig, sa Lisa

– Jag med, det låter spännande, sa Cecilia

– Men ni är ju inte journalister

– Vi kan nog hjälpa dig ändå, vi ska inte skriva någon text utan bara hitta information. Dessutom kan vi kanske hjälpa till att sätta dit några idioter. Hellre att vi gör det här ihop med dig än att du är frånvarande i något som vi inte ens får vara med på

– Då är vi helt plötsligt en brottslösartrio verkar det som

Stefan skrattade nöjt över sitt skämt.

Kapitel 18
Söndag 19:e juli

Tidigt på morgonen satt Stefan, Cecilia och Lisa med varsin stor kopp kaffe, på soffbordet framför Stefan och Cecilia låg det två höga pappersbuntar, Lisa satt i fåtöljen bredvid med en bärbar dator. Stefan hade försökt förklara så gott han kunde för dem vad de skulle titta efter i texterna. Det största problemet var att alla mailadresser och kontonummer var krypterade, Knut förklarade att källan hade gjort det så för att inte kunna bli spårad. Med tanke på vad USB-stickan innehöll för information så skulle källan utsättas för stor fara om det upptäcktes vem som läckt informationen. Cecilia förstod knappt vad hon läste, hon hade svårt att förstå att det gömde sig något stort avslöjande bland alla mailutdrag, kontonummer och transaktioner. Lisa var den som hittade något först.

– Titta här, jag har kanske hittat något, sa Lisa och vände datorn mot Stefan och Cecilia. Det här kontot hade knappt använts månaderna före morden. Samma dag som Hilding dog så överfördes ungefär trehundra tusen kronor till ett aktiekonto. Två dagar senare fördes det tillbaka över två miljoner motsatt väg. Samma sak hände när Kajsa dog

– Jag förstår inte riktigt vad det innebär

– Någon person har gjort stora affärer när två stora delägare i Minerva Holding dog. Verkar också som att personen har gjort stora förtjänster i sina affärer. Jag antar att personen därför hade någon mer information kring Minerva som gjorde att hen kunde tjäna mycket pengar. Det vore mycket osannolikt att den personen bara råkade välja just dödsdagarna slumpmässigt

Cecilia nickade trots att hon inte helt förstod Lisas resonemang. Cecilia hade lärt sig att Lisa i regel visste vad hon gjorde, även om det ibland var svårt att hänga med.

- Då förstår jag hur du menar. Men jag förstår inte vad vi ska göra med den informationen, sa Stefan
- Jag tror att om vi hittar kontohavaren så kan vi nog få reda på mycket mer om Minerva. Jag kan såklart ha fel, men det vore bra att veta vem som sitter på kontot i alla fall
- Bra jobbat, det där skulle jag aldrig tänkt på själv

De fortsatte leta vidare. Stefan hittade några misstänkta mail som de gick igenom. Bevisen för att Minerva hade mycket olaglig verksamhet blev starkare. Men de hittade ingen mer person som de kunde koppla till Minerva. Stefan ringde till Knut men han hade inte mer uppgifter än de som fanns på USB-stickan. Under tiden som de arbetat hade morgonen hade övergått i eftermiddag som i sin tur hade övergått i kväll. När Cecilia ställde sig upp kände hon hur hungrig hon hade blivit. Det fanns lite rotsaker i kylskåpet som hon slängde ihop en sås till. När hon kom in med maten tittade Stefan och Lisa upp snabbt och mumlade varsitt tack. Maten var mer mättande än god.

Allteftersom timmarna gick började det gå upp för Cecilia mer och mer vad det handlade om. Hon började förstå ungefär vad Minerva Holding sysslade med, kopplingar började vagt framkomma mellan de olika personerna i mailen. Även om allt var krypterat så började det framstå en svag struktur. Det blev tydligare och tydligare att Minerva höll på med både vapenförsäljning och någon sorts människosmuggling.

- Näe, nu måste jag gå och lägga mig om jag ska orka gå upp imorgon, jag flyger tidigt imorgon, sa Lisa

Cecilia och Stefan kämpade vidare några timmar före de stöp i säng.

Kapitel 19
Måndag 20:e juli

Lisa satt själv vid matbordet och läste dagstidningarna. Hon tittade på klockan och såg att hon hade gott om tid på sig före hennes tåg gick. När hon bläddrade igenom Folkbladet så hajade hon till, förstasidesnyheten var att Kajsa Johanssons död berodde på ett elektroniskt fel som gjort att permobilen plötsligt inte gått att navigera.

– Det var som fan, snacka om otur

Det var fyra sidor om olyckan. Enligt Folkbladet var polisen inkopplade för att utreda om det var någon som hade mixtrat med elektroniken. Polisen hade inte velat berätta om eventuell misstanke, artikelförfattaren hade intervjuat en professor inom teknikstyrning som spekulerat fritt om hur det i så fall kunde gått till. Förutom det var det intervjuer med människor som känt Kajsa. Enligt de intervjuade så hade Kajsa alltid varit snäll och aldrig skadat någon. Lisa mindes att det varit mycket skriverier om Kajsa tidigare under åren, att hon behandlat anställda dåligt och använt sina advokater att hota kritiker till tystnad. Annika hade även antytt några gånger att Kajsa behandlade folk respektlöst. Men det stod inte en antydan till negativt ord om Kajsa i någon av artiklarna. Ingen vill prata illa om de döda. När Lisa tittade upp på klockan igen var det bråttom, hon tog sin färdigpackade ryggsäck och sprang till tågstationen. Hon såg tåget glida in på perrongen och insåg att hon inte skulle hinna, hon började vinka och ropa, tillslut såg en konduktör henne och höll upp sista dörren till henne. När hon hoppade in i tåget så stängdes dörren och tåget åkte iväg.

– Tack för hjälpen

– Ingen fara, se bara till att vara i bättre tid nästa gång, sa konduktören

Hon gick och satte sig på ett ensamt säte med ett bord för datorn. Hela tågresan satt Lisa och sökte information kring Kajsa Johansson.

Väl avstigen på Arlanda så möttes hon av två män mörkklädda med hörselsnäckor i öronen.

- Margareta bad oss hämta dig i förväg, hon ville träffa dig direkt sa hon, sa en av männen

De gick fram genom de vanliga flygterminalerna och fortsatte sedan till en lång korridor. Det stod två vakter i korridorens öppning.

- Identifikationshandlingar tack

- En av de mörkklädda männen visade upp ett passerkort

Vakterna vinkade förbi dem.

- Välkomna, ha en trevlig resa

De fortsatte vidare och kom in i ett fönsterlöst rum. Där satt Margareta med en stor bunt papper framför sig.

- Där är du ju, jag behöver hjälp, sa Margareta

- Då ska jag hjälpa dig, men kan vi inte äta lite först, jag är hungrig, trodde jag skulle få någon timmes lugn på Arlanda före vi skulle jobba

- Har du inte hört om terroristaktionen i Italien, några högerextrema har gått in i både en synagoga och en moské och öppnat eld

- Oj. Det har jag inte hört om, vad hemskt.

- Så nu förändras dagordningen för mötet idag, det har lagts till två punkter, övervakning av EU-medborgare och gemensamma initiativ mot terrorism

Margareta vände sig mot en av de mörkklädda männen.

- Gå och köp mat till Lisa, visst är du du vegetarian

Lisa nickade till svar.

- Köp något vegetariskt, ta det på det här kortet

Den mörkklädde var inte riktigt beredd på att få det uppdraget, men han gick i alla fall iväg för att köpa "något vegetariskt". Margareta satte in Lisa översiktligt om vad som hade hänt. Sedan gav Margareta Lisa en lika stor bunt papper som hon hade i knät.

– Läs igenom det här, det är vad kunniga på utrikesdepartementet har skrivit ihop

Lisa bedömde att det var ungefär femtio sidor i högen. Det var bara att börja läsa. Hon misstänkte att analyserna skulle vara av undermålig kvalitet, Lisa hade erfarenhet av att alla analyser blev mycket sämre om det fanns någon koppling till terrorism. Det var som att själva ordet fick folk att tappa förmågan att göra logiska kopplingar. Efter en halvtimme så fick de besked om att planet var redo att lyfta. Den som för första gången såg det svenska regeringsplanet blev oftast förvånad. Många hade sett amerikanska Air Force One i olika filmer och tänkt sig att Sveriges statsflyg skulle se ungefär likadant ut fast något mindre. Men så var inte fallet, Statsflyget, eller regeringsplanet som var det mer vardagliga namnet, var ett litet gulfstreamplan med plats för tolv passagerare och fyra i besättningen. Det såg ut som ett helt vanligt vitt litet passagerarplan, det enda som stack ut var de svenska färgerna i ränder på sidan av planet.

– Men hej, kul att se dig, sa en av flygkaptenerna till Lisa när hon klev ombord

– Hej, roligt att se dig med

De kramade om varandra. Eftersom planet var så pass litet så kom besättningen och passagerarna nära varandra. Men det fanns inget utrymme för socialt samspel, Margareta var stressad och satte sig demonstrativt avskilt med Lisa, hon ville försöka sätta sig in i den nytillkomna situationen så snabbt som möjligt.

– Hur tycker du vi ska tänka i de här frågorna, frågade Margareta Lisa

– Det du kan börja med är att anställa nya analytiker, deras texter var minst sagt svaga

- De som skrev det där är ju trots allt experter på sina områden
- Men analyserna var lika dåliga som de amerikanske efter elfte september, när känslorna efter ett terrordåd tar över försvinner förnuftet
- Men du kan ju inte ha läst allting ännu, det finns säkert några vettiga analyser

Lisa gav henne en lång blick. Margareta kom ihåg vem som satt framför henne. Att läsa femtio sidor svår byråkratisk text på en halvtimme var det bara ett fåtal personer i Sverige som klarade av, Lisa var en av dem. Under resten av flygturen diskuterade de olika sätt att förhålla sig till situationen. Lisa övertygade Margareta om att analytikernas förslag byggde på felaktiga antaganden, men trots att det klokaste egentligen var att inte göra något förhastat så var man tvungen att anpassa sig till media. Massmedia skulle kräva skyndsamt agerande och Margareta var tvungen att visa sig handlingskraftig. Lisa föreslog att Margareta skulle prata om att "agera kraftfullt mot terrorism", men sedan försöka göra så lite som möjligt.

När de ankom till ministermötet så fick Lisa till sin glädje se att Sofia också var på mötet. Hon arbetade i den grekiska utrikesministerns stab. De vinkade till varandra på avstånd. Men före mötet fanns det inte tid att prata. Under själva mötet satt Lisa snett bakom Margareta. Alla ministrarna satt med stora hörlurar, i ena hörluren hörde de tolkarnas översättningar av det ministerkollegorna sa. I den andra hörluren kunde medarbetare bryta in och prata direkt med ministern utan att någon annan uppfattade det. Eftersom tolkarna skulle få tid att översätta blev det mycket pauser i samtalen, det var under de pauserna som Lisa bröt in och gav råd. Hon brukade faktiskt också passa på att bryta in när någon minister hade långa upprepande utläggningar. Margareta brukade säga till Lisa att bara bryta in när det var paus, Lisa höll upp med inbrytningarna ett tag tills hon blev för less på någon minister som bara upprepade sig hela tiden. Det fanns några manliga ministrar och en kvinnlig som upprepade sig gång på gång. "Enda anledningen till att de lyckats komma långt är att de är för dumma för att förstå hur svag deras kompetens är", tänkte Lisa. När de politikerna pratade brukade Lisa få bryta in utan protester från Margareta.

Själva mötena var i regel bara formalitet. Lisa hade inte varit med om att någon minister hade ändrat sin ståndpunkt under ett pågående ministermöte. Själva förhandlingarna skedde när pressen inte var närvarande, antingen på informella middagsbjudningar eller vid förhandlingar bakom lykta dörrar. Just det här ministermötet var dock speciellt, för det två punkterna om terrorism hade kommit med så sent på dagordningen att beslutet faktiskt skulle diskuteras fram på själva mötet. När de ursprungliga mötespunkterna hade avhandlats så blev det tydligt att stämningen ändrades. Ministrarna lyssnade på varandra på ett sätt som Lisa inte varit med om tidigare. De vägde olika synpunkter mot varandra och lyssnade på argument från flera olika håll. Men det var uppenbart att alla ministrar kände sig pressade att agera tydligt. Lisa visste att Margareta sågs som en kompetent politiker som de andra lyssnade på. Det var därför extra viktigt att Margareta lade fram argumenten på rätt sätt. För som Lisa och Margareta diskuterat på planet gällde det att visa att EU tog allvarligt på terrorism, men samtidigt gällde det att inte fatta stora beslut. För när väl kraftfulla beslut mot terrorism var tagna var det nästan omöjligt att backa tillbaka, att backa uppfattades antingen som att de ansvariga politikerna inte tog terrorism på allvar eller så fick de erkänna att de hade tagit fel beslut i första läget. Både Storbritannien och USA var fast i den rävsaxen, de flesta högt uppsatta politikerna visste att de hade tagit idiotiska beslut som inskränkte invånarnas rättigheter utan att motverka terrorism, men det var svårt att backa från besluten utan att begå politisk suicid. Margareta var exemplarisk under mötet när hon föreslog sina kollegor att anta ett gemensamt uttalande mot terrorism samt tillsätta en arbetsgrupp som skulle komma med åtgärdsförslag till nästa möte. Lisa satt och njöt när hon såg hur minister efter minister hakade på Margaretas förslag. Vad som var underförstått med förslaget var att tills nästa möte skulle opinionen troligen ha lugnat sig och då skulle gruppen bara föreslå kosmetiska ändringar. Om det hade skett fler större terrordåd tills nästa möte kunde man i alla fall göra genomarbetade förändringar. Det fattades ett enhälligt beslut om att tillsätta en arbetgrupp, Margareta skulle få vara sammankallande i gruppen, även utrikesminstrarna från Italien, Tyskland, Portugal och Polen skulle vara med i gruppen. "Jag gör nog ändå ett viktigt arbete", tänkte Lisa under de avslutande formaliteterna av mötet.

– Bra jobbat, sa Lisa till Margareta
– Det gjorde vi bra, jag skulle inte ha klarat det utan dig, det var ju trots allt din idé

Lisa hittade Sofia i trängseln.

– Kan vi träffas ikväll, frågade Lisa
– Absolut

De bestämde att träffas senare under kvällen över ett glas vin.

Lisa skyndade sig till hotellrummet och kastade sig in i duschen. Hon bytte om till finare kläder och ringde sedan Sofia. Det visade sig att de bodde i samma hotell. De träffades i lobbyn.

– Men var roligt att se dig, sa Lisa
– Detsamma, blir alltid glad när Margareta har vett att ta med dig på mötena

De kramades länge. Efter en kort diskussion beslutade de att Sofia fick bestämma restaurang då hon faktiskt hade bott i

Paris. Det blev mysig källarrestaurang som passade bra för ostörda samtal. De började middagen med att beställa in en flaska vin till förrätten.

- Före vi hinner bli berusade vill jag passa på att be dig om en tjänst. Stefan håller på att skriva om ett bolag som utför mycket internationell brottslighet. I det materialet finns det ett konto som jag skulle vilja ha lite uppgifter om. Problemet är att kontot är krypterat så jag har inga kontouppgifter utan har bara transaktionshistoriken. Räcker de uppgifterna för att kolla ägaren och vart kontot är registrerat

- Ska kolla vad jag kan göra. Kanske kan hitta kontot, om jag sedan kan få fram vem som är ägare beror på i vilket land kontot finns

- Tack, jag ger dig en kopia på transaktionshistoriken imorgon

De pratade som bara goda vänner kunde göra. Sofia levde inte i någon relation och hade inga planer på att skaffa någon heller. Hon trivdes med livet precis som det var. Lisa berättade stolt om sina barn och Stefan.

- Stefans bok har blivit översatt till grekiska, trodde att han bara skrev krigsreportage

- Skrev bara krigsreportage när han var yngre, men när hans team blev överfallet i Sudan så slutade han med allt och började istället skriva om ekonomi. Det här var första boken han gav ut som inte byggde på krigsreportage eller smal vänsterekonomi, han ville testa något annat

- Men när jag läste den misstänkte jag att han fick hjälp av någon att skriva, kände igen några av tankarna. Lät som att en klok kvinna hade hjälpt honom på traven

- Man vet aldrig, han stod som ensam författare och så vill nog en eventuell medhjälpare ha det

- Roligt att boken blev storsäljare i alla fall, han brukar väll bara skriva i små tidningar

– Han har mest skrivit analyser av ekonomiska läget på slutet, men eftersom han inte trott på religionen nyliberalism så har de större tidningarna skytt honom som pesten. Blev dock ett uppsving efter finanskrisen när det visade sig att han faktiskt hade haft rätt om de flesta sakerna. Men ekonomerna som styr har kort minne, om inte teorin stämmer med verkligheten så tycker de att verkligheten ska ändras. Du som bor i Grekland har ju fått uppleva det här den tunga vägen

– Det har vi sannerligen. Skulder ska betalas tillbaka, så länge skulderna inte uppstår för att man startat ett världskrig

Lisa skrattade.

– Är komiskt att det sitter så kallade experter i tv-studiorna och säger saker som "vi har inte råd", "tyvärr måste vi göra så här för marknadens skulle", "det finns inga andra vägar att gå". Trots att de alla missade den största ekonomiska nedgången sedan 30-talet så har de mage att kalla sig experter och säga att de inte sysslar med politik. Kan inte tänka mig att man i någon annan yrkeskår kunnat ha fel gång på gång och ändå få kalla sig expert

Lisa tog djupt ett andetag och fortsatte.

– Men nu ska vi inte prata om det, ikväll ska vi ha roligt

– Det ska vi ha, jag har planerat något speciellt för oss ikväll

– Vad roligt, berätta mer

– Du kommer att få vara med om något du aldrig varit med om tidigare, så mycket kan jag säga

Efter middagen to Sofia med Lisa på en promenad. Efter ungefär en kvart vek de av in i en undangömd gränd. De gick upp för en liten trappa och vek sedan av vänster i en lika liten gränd. I slutet av ett femvåningshus så fanns det en halvtrappa ner till en källardörr. Sofia gick ner för halvtrappan och knackade på dörren. Det hördes en digital röst, "lösenord". Lisa tittade förvånat upp på en liten kamera som satt uppe till vänster om dörren. Sofia böjde sig framåt och sa något i en mikrofon. Det hördes några knakande ljud och sedan gled dörren upp. De gick in och fick se en lång mörk korridor där tre vakter med öronsnäckor stod. De blev stoppade och visiterade. Vakterna tog deras mobiltelefoner från dem och la dem i varsitt litet förvaringsskåp. Lisa tittade förvånat på Sofia.

–   Ingen får ta bilder här inne, det är ingen fara, du kommer att få tillbaka den på vägen ut

När de gick vidare in i korridoren så öppnade sig en underjordisk klubb. Det var neonljus på golven, barer kring väggarna. Vakter som stod utposterade med jämna mellanrum.

–   Vad är det här för ställe, frågade Lisa
–   Det här är stället med stort S i Paris

Lisa kunde bara hålla med. Hon tittade sig runtomkring och insåg att hon faktiskt kände igen flera personer. Lisa såg en fransk minister, en känd fotbollsspelare, två skådespelerskor, en oljemagnat, två kända affärsmän och medlemmarna från ett rockband. När hon gick in på dansgolvet så såg hon en ung kvinna dra en lina kokain från bröstet på en nybliven nobelpristagare. Många på dansgolvet hade bar överkropp och i en soffa var det ett par som hade sex helt öppet. Sofia gick iväg till baren och kom tillbaka med två stora drinkar.

–   Nu ska vi ha roligt
–   Det kommer vi ha

De dansade runt på det svettiga dansgolvet. Efter en timme så blev det för varmt och Lisa tog av sig till BH. Lisa fick ett förslag från en medlem i rockbandet att ha sex på soffan, hon funderade lite men avböjde. Sofia hånglade med en ung man som Lisa inte riktigt kunde placera. Efter många timmars dansande var det tillslut dags att gå hem. De gick förbi vakten som gav tillbaka deras mobiltelefoner.

–   Välkomna tillbaka, sa vakten på franska

Sofia och Lisa satte sig i en taxi och åkte till hotellet. När de sedan kom till hotellet så beslutade de sig för att sova ihop i Lisas rum. De försökte hångla men båda var för trötta så de somnade helt utmattade i sängen.

Nästa morgon knackade Margareta på dörren till Lisas rum. Hon ville diskutera en sak med Lisa men hade lärt sig att skulle hon få upp Lisa var hon tvungen att väcka henne själv. När ingen öppnade trots knackningarna kände Margareta på dörrhandtaget och gick in. Hon gick fram till sängen och puttade lite på Lisa för att väcka henne. Det visade sig vara Sofia som hon puttade på. Sofia vände sig yrvaket mot Margareta och sa på grekiska

- God morgon
- Förlåt, förlåt, jag måste tagit fel rum, sa Margareta och började backa ut ur rummet, jag ber verkligen om ursäkt, jag trodde en annan person bodde här

Lisa vände sig om och såg Margareta.

- Det är ingen fara, du är i rätt rum. Låt mig bara duscha så kommer jag ner till frukosten.

Margareta visste inte vad hon skulle svara så hon fortsatte bara att backa ut ur rummet.

Lisa duschade snabbt och gick sedan ner till frukosten. Hon fyllde en tallrik med frukt och satte sig bredvid Margareta.

- Ursäkta, det var inte meningen att klampa in hos dig
- Ingen fara, jag borde ha låst dörren om jag inte ville bli störd

Margareta tvekade lite före hon frågade.

- Jag trodde du var gift med Stefan
- Det är jag, Stefan är mannen i mitt liv

Kapitel 20
Onsdag 22:a juli

Cecilia tittade upp från datorn när sköterskan Johannes kom in.

– Bilolycka inkommer om femton minuter. Fyra personer i bilen, kört av vägen i hög hastighet. Frontalt är bilen helt demolerad. Dragit stort traumalarm för alla fyra. Vi går in i stabsläge, bakjourer inom kirurgi och narkos är inringda

– Vet vi något om tillståndet

– Tre har stabila vitalparametrar, en är allvarligt påverkad RLS 5 med systoliskt tryck på 80

"Tre som har goda chanser att överleva, en som har dålig prognos". Cecilia var den mest rutinerade läkaren på akutmottagningen och tog därför övergripande ansvar. Hon fördelade personal mellan akutrummen. Ringde och diskuterade kort med narkosjour och kirurgjour. Det fanns bara tre akutrum på Umeå Universitetssjukhus, två på akutmottagningen och ett på intensivvårdsavdelningen, Cecilia bestämde att den fjärde patienten fick omhändertas på övervakningsplatserna bakom sjuksköterskeexpeditionen. Det var ingen optimal lösning men det fanns nära tillgång till all akututrustning som kunde krävas.

– Jag är övergripande traumaledare och kommer att ha ansvar för patienten som har RLS 5 på akutrum ett. Husjour från kirurgen kommer att ha ansvar för den vi bedömer näst mest skadad på akutrum två. Akutläkarkollega Johanna kommer att ha ansvar för patient nummer tre på intensivvårdsavdelningens akutrum. Fjärde patienten omhändertas på övervakningssal av bakjour kirurgen som är på väg in från hemmet. Alla icke påbörjade operationer är uppskjutna tillsvidare och extra operationspersonal är inringd för att kunna operera akut

Cecilia gick igenom strukturen på akutrummet. Alla skulle ha tydliga lappar på sig där det stor yrkesroll och namn. Det fick aldrig bli någon tvekan vem som hade vilken uppgift i en akutsituation. Kommunikationen och rollerna skulle vara övertydliga.

– Även om det är fyra personer som inkommer samtidigt är det samma struktur som vid ett vanligt trauma. Alla här kan det så låt bara ryggraden styra er. ATLS-konceptet, A, B, C, D, E. Som vanligt. Tänk fyrkantigt och lämna inte mallen. Jag har jobbat med de flesta av er och vet er kompetens, ta några lugna andetag när patienterna kommer och sedan kör vi som vi alltid gjort

Cecilia var trots sina ord orolig. Det var inget vanligt trauma, det var sällan det kom in patienter med livshotande trauman. Hon hade aldrig varit med om att det kommit fyra samtidigt. Personalen räckte just så pass till för vanliga trauman, om något strulade skulle det potentiellt bli stora problem. Patienten hon skulle ta hand om hade RLS 5 vilket innebar att han var medvetslös men kunde röra kroppen som svar på smärta. Hon gick igenom vad hon skulle göra för sig själv. Säkra luftvägar, säkra andning, säkra cirkulation. Efter det var det troligen raka vägen till akuta operationssalarna. När hela traumateamet hade samlats på akutrummet så talade Cecilia igen.

– Jag heter Cecilia och är traumaledare. Jag vill att alla presenterar sig och sedan kommer jag att repetera informationen som vi har. Eftersom vi inte alla känner varandra vill jag att vi använder tjänsterollen som tilltalsnamn för att undvika kommunikationsproblem

En narkosläkare, en narkossköterska, en sjuksköterska och en undersköterska presenterade sig. Cecilia presenterade kort det ambulanspersonalen berättat. "Vi är för få personer. Vi skulle behöva tre personer till för att göra ett optimalt arbete". Cecilia försökte att inte visa sin oro på utsidan.

Sirenerna hördes och ambulanserna närmade sig fort. Cecilia tittade runt på salen, en rutinerad sköterska och en rutinerad undersköterska, resterande personal var antingen helt nya eller relativt nya. "Får försöka hålla kolla på att alla andra gör rätt saker". Första ambulansen hade stannat i ambulansintaget och överlastning skedde. Ambulanspersonal och sköterskor kom snart in med patienten på akutrummet.

– Trettionioårig man som suttit i passagerarsätet när bilen han färdades i körde av vägen av oklar anledning. Hastigheten troligen en bra bit över 100 km per timme. Varit medvetslös sedan vi anlände. Bilen var helt förstörd frontalt på patientens sida. Han har en öppen lårbensfraktur höger som vi stabiliserat. Systoliskt blodtryck 80. Andningsfrekvens 30. Saturation 96% på 3 liter syrgas på grimma. Puls 120, jämn rytm

Mannen som låg på britsen var helt täckt av blod. Kring höger ben hade han en stor gummikudde som var vakumpressad mot låret. Över ansiktet så hade han en syrgasmask. Det låga blodtrycket i kombination med att patienten hade förhöjd puls fick Cecilia att misstänka att patienten hade en pågående blödning. Men det gällde att inte tappa traumakonceptet utan att prioritera andning och andningsvägar som var viktigare än att hitta blödningskällan. Utan en fri luftväg dog patienten även om man stoppade blödningen.

– Jag vill ha två grova nålar. En påse blod kopplas ena sidan och flusha in en liter Ringeracetat på andra. Narkosläkaren säkrar övre luftvägar, jag börjar med nedre luftvägar under tiden

Narkosläkaren var ställd någon sekund men började sedan arbeta. Han tittade in i munnen och såg en blandning av blod och tänder i svalget. Han sög rent och tittade in igen.

– Mycket skador, behöver intuberas akut

Cecilia höll samtidigt på att lyssna på lungorna. Hon konstaterade att det efter rensugning var goda andningsljud på vänster sida men inga andningsljud höger sida.

- Inga andningsljud, misstänt pneumothorax vänster, behöver en kanyl för avlastning

Cecilia misstänkte att vänster lunga kollapsat på grund av att det fanns ett litet hål in till utrymmet mellan bröstkorgen och lungvävnaden som gjorde att området utanför själva lungan blåstes upp och trängde undan lungan. När hon tryckte in kanylen mellan vänster bröstvårta och nyckelben så hördes det karaktäristiska pysljudet som innebar att lungan åter expanderade. Patientens chanser att överleva ökade dramatiskt.

- Intubering med gott resultat, fri luftväg, A klart, sa narkosläkaren

A innebar i det fallet andningsvägar. Cecilia höll på med B som stod för andning, det kom från det engelska breathing. Hon lyssnade igenom lungorna igen och hörde rena andningsljud på båda sidor.

- B klart, stabil andning efter dekompression av pneumothorax höger, går vidare till cirkulation

Först lyssnade hon på hjärtljuden som lät regelbundna. Sedan kände hon efter pulsar med fingerspetsarna, inga pulsationer i handlederna men tydliga pulsar i båda ljumskarna.

- Inga pulsationer i varken radialis eller ulnaris, men tydliga pulsationer i femoralis bilateralt. Behöver vätska upp patienten snabbt för att hålla uppe blodtrycket. Öka flödeshastigheten på Ringer-Acetatet

Efter det gick hon vidare med att känna igenom skelettet. I bröstkorgen var det troligen några brutna revben, inga tydliga benbrott i armarna. Buken kändes hård. När Cecilia tryckte ner bäckenbenet kände hon en krasande känsla.

- Patienten har troligen en bäckenfraktur, måste stabiliseras omedelbart med åtdraget lakan. Narkossköterska beställer sex enheter nollnegativt blod. Förbered blodcentralen på att det kommer bli akutoperation och att vi inte hinner

BAS-testa blodet. De måste vara redo att med kort varsel skicka mer blod

Akutsjuksköterskan och undersköterskan stabiliserade bäckenet genom att knyta ett lakan hårt runt det. Höger ben var av men blödningen hade avstannat på grund av tryckförbandet som ambulanspersonalen hade satt på, vänster ben verkade intakt.

– Vi har stabiliserat patienten, vi förbereder för att flytta patienten till operationssalen, om vi hinner så vill jag att vi tar två röntgenbilder över lungorna och bäckenet, men det får inte fördröja tiden till operation

Under tiden som övrig personal förberedde förflyttning så undersökte Cecilia vidare. Hon tittade i pupillerna, undersökte Babinskireflexen, smärtstimulerade alla extremiteter för att bedöma känsel. Röntgenbilderna togs och Cecilia granskade dem översiktligt. "Lungorna har expanderat efter kanyliseringen. Bäckenet uppvisar en dubbelsidig fraktur". Cecilia gick en sista gång igenom allting. Det var ett cirkulatoriskt problem som behövde åtgärdas kirurgiskt. Efter det var gjort kunde man göra ny bedömning, men skulle patienten överleva fanns det bara en sak att göra.

– Jag bedömer att patienten är stabil i A och B men har ett C-problem som måste åtgärdas med operation. C-Op är redo att ta emot oss. Ett operationsteam och en kirurg är redo. Men de behöver narkospersonal, de undra om narkosläkare och narkossköterska från traumarummet kan följa med

Båda nickade som svar.

– Bra, då går vi, sa Cecilia

På vägen upp till operationen så passerade de förbi rummet där kirurgbakjouren ledde traumat. Cecilia visste att han var en mycket skicklig kirurg, men när hon såg hans agerande med patienten insåg hon att han troligen inte hade lett ett traumateam på många år. "Måste gå ner och hjälpa honom när jag kan". De gick in i hissen och sedan direkt in på operationssal nummer fyra. Efter en snabb överlämning så lämnade Cecilia rummet. Det hade tagit mindre än femton minuter från det att patienten kom in på akutrummet tills patienten var på operationssalen. "Vi handlade det mycket bra", tänkte Cecilia när hon joggade till traumarummet på intensivvårdsavdelningen. Personalen höll på att ta röntgenbilder.

– Hur går det, frågade Cecilia sin akutläkarkollega Johanna

– Stabil A och B, men verkar ha knäckt båda överarmarna samt har en inre blödning i buken, kommer att behöva opereras inom närmsta timmarna, men inte urakut

Cecilia sprang ner till akuten. Hon gick in till kirurgbakjouren och gick igenom patienten med honom. Patienten var stabil och hade inga uppenbara skador.

– Kan du i så fall gå till operation, de kommer att behöva en van operatör snart

– Byter du av mig här så kan jag gå

Cecilia tog över och gick igenom allting från början för att inte missa något. Patienten var stabil och hade inga livshotande skador. Han hade brutit båda överarmarna men hans liv var inte hotat och operationerna kunde vänta till dagtid.

När de satt ner i fikarummet efteråt så var det en uppjagad stämning. En av ambulansförarna kom in och satte sig. Hon berättade att bilolyckan hade skett när kompisgägnet var på vägen hem efter en lång fiskedag. De hade fiskat älg område som inte hade haft mobiltäckning, när de sedan börjat köra tillbaka hade en av killarna fått veta att hans gravida hustru var inlagd på sjukhus på grund av stora blödningar. Föraren hade kört alldeles för snabbt efter det och fick sladd i en kurva.

– Det är jobbigt utan mobiltäckning, när jag var ute och jagade en gång för några år sedan så försökte pappa ringa för att fråga mig vad man skulle göra om man fick plötsligt ont i bröstet. Mamma lyckades tillslut få in honom men han är så tjurig så det kunde gått helt åt helvete

Det var något med historien som fick Cecilia att haja till. Hon visste inte vad men ville inte glömma bort det. Hon tog en penna och skrev "jakt" och "mobiltäckning" på överarmens insida. De gav sig själva några minuter extra före de återigen gick ut och började med nya patienter.

Det kände som en lång natt. Arbetet kring bilolyckan hade krävt maximal koncentration och Cecilia kände sig helt slut i hjärnan. Dessutom hade många andra patienter hunnit komma under tiden så det fanns mycket jobb att ta igen. Cecilia var långsam och omständlig de sista timmarna. När hon kom hem på morgonkvisten så stöp hon i säng och somnade direkt.

Kapitel 21
Torsdag 23:e juli

Cecilia sov länge morgonen efter. Hon var fortfarande omtöcknad i skallen när hon satte sig vid matbordet. Efter ett par koppar kaffe och några frukter var hon nog stabil för att ta en promenad. Hon brukade ta samma promenadrunda varje gång hon behövde bearbeta något. Rundan gick över Kyrkbron till andra sidan älven, sedan ut på ön mitt i älven för att sedan gå tillbaka via bron vid flygplatsen. Promenaden tog lite över en timme och var lagom lång för att hinna samla tankarna. Bilolyckan hade påverkat henne, det var sällan döden var så närvarande, trots att hon arbetade inom akutvården. De flesta personer dog lugnt i hemmet, vissa dog i plötsliga hjärtattacker eller somnade in på sjukhus, men det var ytterst få som dog av olyckor. Under natten hade det varit nära, det visste Cecilia. Patienten hon hade tagit hand om var så pass dålig att det var stor risk att han dog på operationsbordet. Cecilia hade ofta fått höra att hon inte skulle ta med sig arbetet hem, men för henne gick det inte att släppa en situation där hennes arbetsinsats så tydligt avgjorde om en annan människa dog eller överlevde.

När hon kom hem från promenaden stod Lisa i köket och lagade mat samtidigt som hon läste på datorskärmen. Resultatet blev en överkokt linssoppa.

– Jag skulle behöva ta en snabbdusch före jag äter, orkar du vänta på mig

– Absolut, jag har ingen tid att passa

Cecilia kastade snabbt av sig kläderna och hoppade in i duschen. När hon stod och tvålade in sig så såg hon orden på armen, "jakt" och "mail". "Varför skrev jag det här? Jag kommer säkert på det snart". Hon njöt av att låta det varma vattnet skölja över hennes kropp, det var som att stressen spolades bort.

– Jag skrev något på armen inatt, vet att det är något jag läst men kommer inte på det, måste bara kolla en sak

Cecilia gick iväg till biblioteket och började bläddra bland högen med utskrivna mail. När hon kom tillbaka efter några minuter så hade Stefan hunnit hem.

– Jag kom på en sak när jag hörde en berättelse om en jaktstuga utan täckning. Kolla det här mailet. Det står "Jag är okontakbar under helgen, jag ska jaga och det finns ingen mobiltäckning i stugan,". Det kan ju inte finnas många personer i Sverige som var och jagade den här helgen och dessutom gjorde det i en stuga som inte hade mobiltäckning

– Det låter rimligt, sa Stefan

– Om vi fokuserar på att hitta någon som var och jagade den helgen så kanske vi hittar en av personerna i härvan. Hittar vi en kanske vi kan hitta fler

– Smart, sa Lisa

De var uppspelta under middagen, det kändes som att de var någon person på spåren. Efter middagen gick de direkt till biblioteket. Stefan var den som hittade nästa sak. I ett av mailen från samma krypterade mailadress stod det att personen vid ett annat datum skulle resa iväg från Umeå några dagar, troligen så bodde alltså personen i Umeå. Nästa sak var det Lisa som hittade.

– Kolla här. Jag har hittat något på det här kontoutdraget. Kontot är kopplat till ett betalkort som bara användes sporadiskt inne i centrala Umeå. Men samma helg som jägaren var oanträffbar användes kortet för att tanka i Storuman. Några dagar tidigare användes det i en jaktaffär här i Umeå

– Nu   börjar   vi   närma   oss

Kapitel 22
Fredag 24:e juli

Nästa dag fortsatte Stefan, Cecilia och Lisa gå igenom alla papper i jakt efter den okände jägaren. De hade redan material nog för att publicera ett antal artiklar. Lisa hade sammanställt den ekonomiska informationen, Cecilia mailutdragen och Stefan den övergripande bilden. Stefan höll på att skriva en lång artikelserie om Minerva Holding. Det var tydligt att företaget sysslade med ekonomisk brottslighet, det gick att bevisa med materialet de hade. Det var mycket som också pekade mot att företaget var inblandat i olagliga vapenaffärer och trafficking, men där hade de inte nog med bevis för att kunna publicera något. Men de behövde hitta någon person som var inblandad.

– Storuman är ett litet samhälle, har någon jagat där kan vi få reda på det via min pappa. Vad säger ni ska vi åka upp till mina föräldrar över helgen för att plocka svamp

Redan samma kväll satt de i bilen.

– Min far kanske inte säger så mycket, men han har stenkoll på varenda jaktlag i hela kommunen

Hela bilturen diskuterade de vem som kunde vara personen bakom mailen. Eftersom de inte hade en aning om vem det var så försökte de förstå vad som kunde motivera någon att vara delaktig i ett företag som sysslade med grov brottslighet. Det självklara motivet var pengar.

– Men vem vet, det kan vara kärlek, svartsjuka eller hämnd med i spelet, sa Cecilia

De kom fram till Lisas föräldrar i tid till middag. Både Eva och Martin kom och mötte dem redan på uppfarten.

– Välkomna, vad roligt att ni kommer igen, sa Eva
– Välkomna

De gick direkt till matbordet.

– Jag har lagat älgstek för att fira att ni kommit

Lisa hade varit vegetarian i över tjugo år men hon hade för länge sedan försökt förklara för sin mor att hon inte ville äta något sorts kött. Eva menade väl så Lisa hade gjort en kompromiss med sig själv och åt viltkött när hon var hemma hos sina föräldrar.

– Har du träffat någon karl ännu, frågade Eva Cecilia

– Det går dåligt på den fronten

– Du som är så söt och dessutom har ett bra jobb, du bord inte ha några problem att hitta någon

– Tack för de fina orden, jag får hoppas att jag hittar någon

– Har ni några tips på kantarellställen, frågade Lisa för att byta ämne

– Jag har några du kan få reda på om du vill, sa Martin

Jakt och svamp brukade få Martin att börja prata. Martin, Eva och Lisa diskuterade vart det var bäst att plocka.

– Det var förresten någon jag träffade i Umeå som hade varit uppe här och jagat förra hösten under älgjakten som jag pratade med på en fest. Men jag kommer inte ihåg vem det var, har funderat över det hela bilfärden hit och stör mig på att jag inte kommer på det. Minns du några från Umeå som var uppe och jagade förra älgjakten, tror det var vecka fyrtiotre

– Nej, tyvärr gumman min

– Kommer säkert på det. Men visst kunde man kolla upp sådant någonstans har jag för mig

– Om jag hade suttit kvar i jaktklubbens styrelse så skulle jag kunna kolla loggboken, men jag slutade på förra årsmötet så det går tyvärr inte

– Kan du inte berätta för Cecilia och Stefan om när du sköt din första älg förresten, tror de gärna vill höra det

Martin levde upp och berättade länge om olika jaktminnen. Lisa frågade honom och levde sig in i berättelserna. Cecilia och Stefan turades om att berömma Eva för maten, Helna försökte slå undan berömmet men var uppenbart nöjd. Cecilia tackade för sig först och snart följde Stefan efter. De hörde Lisa prata och skratta med sina föräldrar samtidigt som de somnade.

Dagen efter var det dags för kantarellplockning.
- Vi kommer nog vara ute sent så vänta inte uppe på oss, sa Lisa
Eva hade skickat med dem så mycket mat att de hade överlevt en vecka utan problem. När de satt i bilen sa Lisa.
- Nu vet vi hur vi ska få tag på uppgifter om vem som är jägaren
- Känner du någon i styrelsen som kan hjälpa oss, frågade Cecilia
- Vet inte, men jag vet att jag inte vill dra uppmärksamheten till oss genom att fråga runt om det här, vi har ingen aning om vilka som är inblandade i Minerva, har vi otur frågar vi fel person
- Men hur ska vi då göra, frågade Stefan
- Vi ska göra inbrott i jaktklubbens stuga. De ligger utanför samhället och jag skulle bli väldigt förvånad om det fanns något larm där. Men först ska vi plocka kantareller
Lisa körde in på en undangömd skogsväg, väl där så parkerade hon några hundra meter in. De gick runt i skogen under flera timmar och plockade. Det var en bra plats för kantarellplockning, de fyllde två plastkassar. När kvällen kom var det fortfarande ljust utomhus, Cecilia var lika fascinerad över de norrländska nätterna varje sommar, det var något speciellt med att solen aldrig riktigt gick ned.
- Nu åker vi vidare, det finns ett svampställe i närheten av jaktklubbens stuga som pappa tipsade om, vi kan plocka där och sedan går vi till stugan och kopierar loggboken
De åkte efter slingrande skogsvägar, Lisa parkerade bilen på sidan av vägen.

– En kilometer ditåt ligger stugan

Stugan var röd och hade vita knutar, den stod mitt i en dunge långt ifrån all annan bebyggelse. De plockade bär i området runt stugan, det såg inte till någon annan människa på över en timme.

– Nu är det dags, jag går in i stugan och ni håller vakt utanför, ring mig om det kommer någon, sa Lisa
– Jag har ingen mobiltäckning här ute, sa Lisa
– Inte jag heller, sa Stefan
– Men då får ni komma på något sätt, kasta småsten på fönstren så kommer jag ut

Lisa gick runt så att hon kom in i stugan från sidan som var vänd bort från grusvägen. Hon kikade sig omkring på huset. Dörren var låst med ett stort hänglås. "Det vore förvisso lätt att slå upp det, men då syns det att det varit inbrott". Hon fortsatte titta sig omkring, på ena kortsidan av stugan fanns det en inhägnad hundgård som brukade användas av jägare som tog med sig hundar till stugan. Lisa ställde sig vid stängslet och tittade in, hon såg att det var en hundlucka in till stugan. Öppningen gjorde att hundarna kunde släppas in i hundgården även inifrån stugan. "Det är nog bästa sättet att slippa göra synligt inbrott". Hon tog fart, tog spjärn mot väggen och lyckades på så sätt häva sig över stängslet. Öppningen var tillstängd med en liten rödmålad pappskiva. Lisa flyttade på pappskivan och kröp in i stugan. Inne i stugan var det betydligt mörkare än utomhus, gardinerna var fördragna. Lisas ögon vande sig sakta vid mörkret. Stugan bestod av ett stort allrum, ett litet kök och ett kontor. Dörren in till kontoret var låst så Lisa började söka igenom stugan efter nyckeln. Hon hittade den på en spik under diskhon. Kontoret bestod av två bokhyllor samt ett skrivbord med en stol. Lisa gick igenom bokhyllan tills hon hittade pärmen "Jaktlag Storuman och deras tilldelade skyttekvoter - 2014". Medlemmarna i de olika jaktlagen var tydligt förtecknade under rubriken, "Jaktlagens medlemmar". Lisa tänkte först ta med sig hela pärmen men ändrade sig. Hon la boken just under skrivbordslampan och började fota av sidorna. Samtidigt som Lisa var inne på kontoret så såg Cecilia att det kom en bil körandes på vägen upp mot stugan. Cecilia svor mot sig själv och ropade på Stefan.

– Spring och varna Lisa, skrek Cecilia

Stefan såg bilen och förstod vad hon menade. Han hukade sig och började springa runt gläntan för att komma till baksidan av stugan. Inne i stugan stannade Lisa upp, hon hade hört något men kunde inte placera vad det var. Hon fortsatte fotografera av sidorna med jaktlagsmedlemmar. När hon nästan var färdig så hörde hon något som studsade mot fönstret, hon kikade fram bakom en gardin och såg Stefan stå och kasta kottar på stugväggen. "Nu kommer det någon, vad gör jag nu". Hon sprang tillbaka till kontoret, fotograferade de två sista sidorna och ställde sedan tillbaka boken. När hon just hade ställt tillbaka boken i hyllan och släckt skrivbordslampan så hörde hon ytterdörren öppnas. Hon stod helt stilla. Utanför dörren hörde hon

– Nu har någon glömt att he tillbaka nyckeln under diskhon igen, att folk alltid ska slarva i den här föreningen

Lisa såg att någon började öppna dörren, hon kastade sig ner bakom skrivbordet. "Hon är ju fast där inne, vad kan jag göra", tänkte Cecilia. Under skrivbordet såg Lisa två par skor gå igenom dörren.

– Visste du förresten att Janssons yngste pojke Kristoffer har fått en jänta och ska flytta tillbaka till Storuman

– Hade jag inte hört, roligt om någon flyttar tillbaka i alla fall

Utanför dörren hördes det ett skrik.

– Hjälp

Lisa såg de två skorna vända sig om och gå ut ur rummet. Utanför stugan kom Cecilia haltandes från skogen.

– Hjälp mig

De två männen sprang fram till henne.

– Vad har hänt, har du skadat dig

– Jag har slagit mig, hjälp

Lisa förstod vad som var på gång och smög ut genom kontorsdörren, hon såg de två männen springa fram till Cecilia. Lisa fick ögonkontakt med Cecilia som signalerade med armarna att Lisa skulle springa ut. Lisa började sakta smyga mot hundgården, hon lade sig på golvet och krälade sakta genom öppningen. Under tiden hade de två männen kommit fram till Cecilia.

– Vad har hänt, vart har du slagit dig

– Här på foten, jag kan knappt gå, det gör så ont

Den ena mannen undersökte foten och blev förvånad då han inte såg något blod.

– Men du har ju bara stukat foten

– Det gör så ont, hjälp mig

– Aja, jag kan hämta lite binda och linda om foten om du vill det

– Gärna, jag har så ont

Den andra mannen gick muttrandes tillbaka till stugan och hämtade en dauerbinda. Han gav henne bindan och sa

– Kan du linda själv, vi ha lite saker att göra

– Tack, gud vad snällt

De två männen gick iväg.

– Jag trodde hon hade vådaskjutit sig själv eller blivit biten av vargen, men fruntimmret hade bara vrickat foten litegrann, det är ju så pjåskigt att man knappt vet vart man ska ta vägen

– Men hon var i alla fall vacker att se på

– Det var hon, men pjåskig nå förjävligt

Lisa hade utnyttjat tiden att krypa ut på hundgården. Hon hade dock inte varit beredd på att det var en hund i själva hundgården. Lisa var ingen expert på hundraser men insåg att det var någon sorts blandning av jakt- och vakthund. Skulle hon komma undan fick hon antingen kasta sig över stängslet direkt eller bli kompis med hunden. Hunden visade ganska snabbt att den inte ville vara kompis, den skall högt och visade tänderna. Lisa kollade sig omkring och såg att dörren till den lilla hundkojan var öppen. Hon kastade sig in i hundkojan och drog igen dörren efter sig. Hunden av blandras började skälla och markera mot hundkojan. En av männen som hjälpt Cecilia öppnade fönstret.

– Tyst Jupiter, tyst

Jupiter slutade skälla men fortsatte att morra och markera. Lisa satt inne i den lilla hundkojan och höll i dörren allt vad hon kunde. "Nu sitter jag alltså instängd i en hundkoja i Storuman", hon log åt det absurda i situationen. De två männen var kvar i stugan gott och väl en halvtimme.

– Jag förstår inte vad som farit i hunden, det är som att han blivit galen
– Träffade han inte Janssons tik igår, jag tror hon löper
– Det kanske är det

När männen skulle gå öppnade låste en av dem upp grinden till hundgården.

– Kom nu Jupiter

Jupiter stod kvar och morrade. Mannen gick fram till honom.

– Det är ju bara en hundkoja, kom nu

Mannen fick släpa den morrande hunden ut till bilen.

När det hade gått fem minuter så vågade Lisa titta ut. Kusten var klar. Hon hoppade över stängslet och sprang ut i skogen där Cecilia och Stefan väntade.

– Det var jag inte beredd på, skrattade Lisa

Kapitel 23
Måndag 27:e juli

Det var över fem hundra namn på listan över jaktlagen. Som tur var stod det adress eller telefonnummer intill varje namn.

– Jag tror vi kan lista ut vem som skrev mailen om vi bara går systematiskt tillväga, det kommer nog ta tid men jag tror det är bästa vägen, sa Lisa

– Hur menar du då, sa Stefan

– Jag tänker såhär. Det vi vet om personen är att hen troligen bor i Umeå, tjänar troligen mycket pengar med tanke på inblandningen i Minervaaffären. Språket i mailen tyder på att personen är ungefär i vår ålder, troligen under femtio år. Vi börjar där och får vi ingen träff så utökar vi sökningen

Lisa hade rätt, det skulle bli en lång dag. De började med att göra en lista på alla femhundra namnen. Efter det så plockade de ut de som bodde i Umeå med omnejd vilket var 110 stycken. Sedan samkörde de namnen med ett adressregister som Lisa hade tillgång till via sitt arbete för att få fram ålder, de valde då ut de mellan 30 och 50 år. Efter det så gick de igenom taxeringskalendern för Umeå kommun, strök alla som tjänade mindre än 400 000 per år. De hade då 30 namn kvar.

– Vad säger ni, har vi gjort oss förtjänta av en paus, sa Stefan

– Det tycker jag, svarade Cecilia

– De gick till köket. Kylskåpet var nästan tomt, ingen av dem hade tagit sig tid till att handla sista dagarna. Det fick bli Lisas paradrätt, havregrynsgröt med frysta blåbär och fryst mango värmt i mikron

– Vad tycker ni nästa steg ska bli, frågade Cecilia

– Jag vet faktiskt inte, sa Stefan

De väntade på att Lisa skulle komma på någon smart lösning men hon stod tyst försjunken i tankar och rörde mekaniskt i kastrullen. Efter ungefär två minuter sa hon.

– Jag tycker vi ska börja med sociala medier, vi ska sluta vara sådana bakåtsträvare

– Varför det

Lisa fortsatte röra i gröten.

– För att det är där lösningen finns såklart

Lisa log vände sig om och log stort.

– Som ni vet har de flesta i vår ålder en fascination över att lägga ut hela sina liv på Facebook, Instagram, Twitter och allt vad det heter, det är bara att börja kolla upp dem en efter en

Efter grötmiddagen så gick delade de upp de trettio kvarvarande personerna mellan sig. Det var förvånansvärt många av dem som hade öppna profiler vilket gjorde att det gick att läsa allt som de lade ut. De började undersöka vad personerna hade gjort dagarna när mailskrivaren varit i jaktstugan utan mobiltäckning.

– Jag tycker att vi utgår från att de varit ärliga på sociala medier, finns ingen anledning för dem att ljuga och hitta på saker, de visste ju inte om att det skulle läcka ut kodade mail från Minevera Holdings

– Håller med

De kunde direkt utesluta tolv personer som hade gjort annat under dagarna som mailskrivaren hade varit i jaktstugan. Tre hade varit på konferens, en hade varit på utomlandssemester, två hade varit på en konsert, två hade gjort saker tillsammans med barnen, fyra hade haft sociala tillställningar med vänner. De var då nere på arton misstänkta, elva hade öppna konton på någon social media men hade inget som kunde utesluta dem, sju hade antingen låsta konton eller inga konton alls.

– Nu börjar detektivarbetet, sa Lisa

De började göra personkopplingar mellan de misstänkta samt Hilding och Kajsa. Av de elva var åtta vän med antingen Hilding eller Kajsa via sociala medier. När de googlade vidare på alla de andra kvarvarande misstänkta hittade de tre som jobbade i något av offrens företag samt en granne till Hilding.

– Det är alltså tolv stycken som vi har kvar, när vi kommer ner till tio blir det här som en Agatha Christie-deckare det här, sa Stefan och skrattade

Klockan var sen och de beslutade sig för att stupa i säng

Lisa vaknade nästa morgon av att Cecilia kom med kaffe på sängen.

– Dags att vakna, vi är i full gång redan, klockan har redan hunnit bli nio

– Jag kommer, jag kommer

Cecilia och Stefan satt vid varsin dator när Lisa kom in i rummet. De hade börjat med nästa steg, de sökte så mycket information de kunde om varje person, inkomst, antal barn, eventuell sambo, fastigheter, vilka de umgicks med på fritiden. Försökte få en bild för att se om det kom fram något misstänkt. Lisa tog nästa namn i högen och började med samma sak hon också.

Cecilia var fascinerad över arbetet, hon hade aldrig varit med om något liknande. Hon arbetade just nu med en misstänkt som hette Johan Lundqvist. Hon visste nog mer om Johan än många av hans närmaste vänner. Hon visste hur mycket han tjänade, vilka han umgicks med på fritiden, vilka intressen han hade, dessutom anade hon några hemligheter han ville gömma.

– Jag tror jag är något på spåren här, Johan verkar ha träffat Hilding regelbundet både i arbetet och på fritiden. Jag är inte helt säker men det verkar dessutom som att han varit otrogen mot sin fru och förlorat alldeles för mycket på nätkasinon. Verkar finnas många anledningar att snabbt behöva pengar

– Kan du visa lite bilder på honom, frågade Lisa

Cecilia visade bilderna hon hade, det var ett trettiotal bilder totalt. Johan och Hilding var på ett flertal tillsammans.

– Visst är det här ute i Tavelsjö hos Anders, frågade Cecilia

– Det är det, verkar som att de är hos grannarna just bredvid, sa Lisa

– Visst var det hon som kom när Anders hade drunknat, frågade Cecilia och pekade på en tjej som stod bredvid Hilding

– Det stämmer, det där är Anita, hon och hennes man Joakim firade midsommar med några vänner i stugan bredvid och kom ner när vi höll på med hjärt-lungräddning

– Verkar som att alla känner alla i de här kompisgängen, det är många som kommer upp på flera olika ställen

– Umeås finanselit är ganska liten

De tittade vidare på resterande bilderna och bestämde sig för att Johan behövde kollas upp noggrannare. De lade hans papper i en särskild hög.

Timmarna gick, de gick vidare med alla de andra misstänka. De flesta hamnade i högen, "låg misstanke", men det var tre stycken till som hamnade i samma hög som Johan. Tre av personerna hade de knappt hittat på något sätt på nätet, de deltog inte i sociala medier och hade vanliga namn vilket gjorde det svårt att googla dem.

– Här hittade jag något intressant, jag hade lagt bort Joakim Karlsson för han fanns inte på sociala medier, men nu såg jag att en av styrelsemedlemmarna i HESU hette Joakim Karlsson, jag har en bild på styrelsen här om ni vill titta, sa Stefan

Stefan vred datorn mot Lisa och Cecilia.

- Men det är ju Joakim, sa Lisa
- Så du vet vem det är
- Ja det vet jag verkligen, sa Lisa

Lisa satt länge helt tyst och tänkte.

- Det där är Joakim Karlsson, han är gift med Anita som vi såg på fotot tidigare idag. Han var nära vän med Hilding sedan barndomen. Jag har för mig att Anitas familj dessutom har en stuga utanför Storuman, mitt ute i ingenstans. Dessutom finns det en mörk historia i bakgrunden. Anders, Hilding och Joakim var barndomsvänner. Men jag har inte berättat för er om hur Anders var när jag växte upp, jag ville att ni skulle ge honom en ärlig chans och inte döma honom på förhand. Den Anders jag kände under uppväxten var långtifrån den snälla och omtänksamme person som ni har lärt känna. Han, Hilding och Joakim var hemska under deras tid i Storuman

Lisa började berätta.

- Det började redan i lågstadiet. Det jag sagt om att Anders och Hilding hade känt varandra redan tidigt, det var sant

Lisa berättade om hur Anders, Hilding och Joakim varit idioter, de mobbade de svaga, gjorde inbrott hemma hos en pensionär och var allmänt bråkiga. De enda de behandlade med respekt var de äldre tuffa killarna. I högstadiet började de med droger och lite småkriminalitet, det gick rykten om att Hilding och Anders hade våldtagit en tjej ihop. Alla tre var på väg åt helt fel håll. När högstadiet närmade sig slutet pratade deras föräldrar ihop sig. De mer eller mindre tvångsskickades sönerna till Umeå för att gå gymnasiet. Hildings far såg till att de bodde inneboende hos en vän till honom som höll pli på dem.

- När jag träffade dem i Umeå så blev jag förvånad, de hade alla tre skärpt till sig och var på utsidan lugna snälla killar.

Men med tanke på hur de var under uppväxten så är jag inte förvånad om de varit inblandade i ett företag som sysslar med grov kriminalitet

De fortsatte att undersöka Joakim via alla källor de hittade. Anita hade skrivit till en väninna på Facebook att Joakim hade varit på jakt i Storuman helgen som själv jaktmailet skickades vid, Joakim hade varit med på just den konferens som det stod om i ett annat av de andra krypterade mailen, fler och fler pusselbitar föll på plats.

Kapitel 24
Tisdag 4:e augusti

Efter att de upptäckt Joakim så arbetade de varje timma som de inte sov eller arbetade med sina vanliga jobb. Lisa och Cecilia sammanställde alla uppgifter och såg till att det inte fanns någon enda spricka i bevisföringen. Stefan skrev vidare på artikelserien.

Det var viktigare än vanligt att alla uppgifter som publicerades var helt korrekta. Dels för artiklarnas skull, men även för att ägarna till Minerva inte skulle komma undan. Trion hade nog livserfarenhet för att inse att alla medborgare inte var lika inför lag, om de publicerade grova anklagelser mot många högt uppsatta företagare så gällde det att allting höll. För om det var någon brist skulle juristerna samt välvillig media plocka isär allting och ge de inblandade en chans att frias från sina brott.

Dagarna gick och bevisningen blev starkare och starkare.

– Jag tror vi inte kommer mycket längre än såhär. Vi kan fortsätta att hålla på hur länge som helst men det kommer inte att bli mycket starkare bevisläge, sa Lisa

– Jag är klar med de tre första artiklarna och sedan har jag grova skisser på de övriga, för mig passar det bra att köra nu

Lisa ringde samma eftermiddag och bokade in ett möte med Jörgen Knutsson. Jörgen arbetade som länspolismästare i Stockholm. Fem år tidigare hade de tillsammans varit med i regeringens expertgrupp om hedersvåld. De hade klickat och på kort tid blivit nära vänner. Även om de sällan sågs så fanns det ett speciellt band mellan dem.

Lisa hade blivit anvisad en plats utanför Jörgens arbetsrum av en sekreterare. Några minuter efter utsatt tid öppnade Jörgen dörren.

– Hej, vad roligt att se dig

– Hej, detsamma, ursäkta att jag ringde med så kort varsel

– Ingen fara, för dig har jag tid om du säger att det är viktigt

De gick in i arbetsrummet. Mot fönstrets stod ett mörkt skrivbord med två stolar, mot den ena väggen stod en svart soffa, utefter den andra stod en stor bokhylla. De slog sig ned i soffa.

– Det är en lång historia som är snårig men tillslut går den ihop

Lisa gick igenom vad de hittat men nämnde inte Minerva eller vilka de inblandade personerna var.

– Oj, jag vet knappat vad jag ska säga

– Före du frågar ut mig mer så ska jag informera dig om att jag gjort den här researchen tillsammans med min man Stefan, han arbetar som journalist och jag har blivit anställd som frilansande journalist i det här uppdraget. Som du förstår så är det därför mycket av som jag inte kan svara på på grund av källskydd

Jörgen funderade för sig själv.

– Det var ett smart sätt att kontrollera informationen. Egentligen väljer du alltså helt själv vad du ska berätta för mig

– Något i den stilen

Lisa gav Jörgen informationen på det sätt som hon, Cecilia och Stefan hade planerat. Uppgifterna som Lisa gav honom visade tydligt att de hade bevis för att ett svenskt företag som sysslade med grov kriminalitet.

– Varför kommer du med det här till mig, och varför ger du mig inte namnet på företaget

– För att det verkar som att på att det finns inblandade poliser i det här företaget, jag vill därför ge uppgifterna till någon jag litar på. Om jag ger dig företagsnamnet och du har bevis på att ett svenskt företag håller på med grov kriminalitet så måste du förbereda ett tillslag. Allt annat vore tjänstefel. Men om du skulle förbereda ett tillslag skulle troligen informatörerna inom polisen förvarna de inblandade. Så därför kommer vi att ge er en stark bevisföring som räcker gott och väl för att ni ska kunna göra tillslag när vi ger er namnet och adresserna till lokalerna

– Du sitter och utpressar mig, det trodde jag aldrig om dig
– Jag utpressar inte dig, jag gör bara mitt arbete, om det inte vore så att poliskåren verkar så korrumperade skulle jag gett dig alla uppgifter direkt
– Du förstår väll att jag inte kan gå med på att du sitter och dikterar villkoren såhär. Ger mig bevis på att ett svenskt bolag håller på med alltifrån vapenbrott till ekonomisk brottslighet, sedan gömmer du dig bakom källskydd
– Jag vill inte vara otrevligt mot dig, du vet att jag litar på dig. Men du har nog inget annat val än att lyssna på mig
Jörgen var tyst som svar. Sedan tryckte han på en knapp på interntelefonen

– Ursäkta mig Johanna, du måste avboka eller flytta resten av mötena som jag har idag

Det blev en lång kväll. Lisa och Jörgen gick igenom alla papper som Lisa hade med sig. Hon förklarade företagets struktur, visade kontouppgifter och mailkorrespondens.

– Imponerande arbete ni gjort. Sedan måste jag medge att det faktiskt finns poänger i upplägget, om det verkligen finns poliser som är inblandade kommer de inte att förvarnas på något sätt
– Tack. Hur går vi vidare med det här tycker du
– Det finns bara en person jag kan kontakta med de här uppgifterna, jag antar att du vet vem
– Det vet jag troligen, vi tänker nog i samma banor du och jag
Jörgen gick ut ur rummet och ringde ett samtal.

– Vi har en mötestid imorgon

Kapitel 25
Onsdag 5: augusti

Nästa morgon möttes Jörgen och Lisa utanför Östermalmsgatan 87. De gick in genom den pampiga entrén i den vita byggnaden. Det var en majestätisk byggnad med stora pelare jämt utplacerade efter väggen. På taket vajade en stor svensk flagga. De gick uppför tre trappor och knackade på en stor mörkbrun dörr.

– God dag, vem söker ni

– Riksåklagaren, sa Jörgen

– Har ni bokat möte

– Det har vi, han vet att vi kommer

– Var god dröj

De fick stå och vänta något över fem minuter förrän dörrarna öppnades igen.

– Följ med mig, ni ska få följa med mig till ett annat mötesrum

De följde sekreteraren upp för en trapp och sedan genom en korridor som gick rakt ovanför den de nyss knackat på. Sekreteraren var stramt klädd och gick med snabba steg, Lisa var tvungen att halvspringa för att hänga på.

– Varsågoda att slå er ner här, så kommer riksåklagaren snart

I rummet stod ett stort svart mahognybord i mitten, runt bordet stod det tolv stolar i samma träslag, utefter väggarna var det bokhyllor från golv till tak. Lisa kollade boktitlarna och alla handlade om svensk juridik. Efter några minuter öppnades dörren igen.

– Ursäkta att ni fått vänta, sa riksåklagaren och sträckte fram handen, men av det du berättade Jörgen så ville jag inte ta mötet på riksåklagarämbetets kansli. Alla möten jag har där registreras i en loggbok som är en offentlig handling

De skakade hand och sedan började Lisa förklara. Hon visade upp dokumenten de hade förberett.

– Som du kanske förstår har jag aldrig varit med om något liknande, och som jurist kommer jag såklart inte att ställa några frågor om dina källor. Men jag kan dock bedja att du är varsam med dina uppgifter så att rättsväsendet kan ställa de ansvariga inför rätta

– Jag kan lova att jag och mina kollegor kommer att göra allt vi kan för att sätta dit de skyldiga

– Bra, berätta nu hur du har tänkt lämna resten av uppgifterna. Om vi ska göra ett ingripande måste jag få mer uppgifter än såhär. Jag vill inte att du ska röja dina källor, men vi måste ha betydligt mer bevis än vad du har gett oss för att kunna förbereda ett ingripande på ett företag som vi inte vet namnet på. Det är en prekär situation du sätter oss i måste du förstå

– Vad behöver du mer? Du ska få den information du behöver

Kapitel 26
Söndag 9:e augusti

Cecilia, Lisa och Stefan satt alldeles tysta i bastun och tittade ut över Umeälven. De var färdiga. Papperen polisen skulle få var tydligt strukturerad. Artiklarna var färdigskrivna och Stefan hade lovats publiceringsutrymme. De förberett sig så gott det gick, det var bara den långa väntan kvar.

Morgonen kom och de satte sig vid frukostbordet under tystnad.
- Jag hoppas att ni förstår hur stort det här är. Vi har lyckats hitta bevis för att ett svenskt företag sysslar med olaglig vapenförsäljning samt trafficking. Det här är ett av de största avslöjandena i Sverige under vår livstid. Utan er skulle jag kanske fått ihop en liten del och skrivit en artikel eller två men det är tack vare er som vi verkligen fått ihop historien. Trots att ni inte är journalister så har ni gjort ett fantastiskt jobb
- Tack
- Är ni säkra på att ni inte vill vara med som medförfattare, nu kommer det verka som att jag gjort allt arbete och kommer att få all ära
- Du är ju man, du borde vara van vid att få äran när kvinnor egentligen gör arbetet
Stefan log som svar. De var överens. Stefan fick sitt livs story, Cecilia och Lisa slapp uppmärksamhet.

Efter frukosten åkte de till sina bestämda platser. Stefan tog bilen till Joakims hus där han skulle göra en intervju. Lisa cyklade till Hildings hus. Cecilia cyklade till kontoret för KJ Välfärd. De hade varsin kamera med sig. Bollen var i rullning. När Stefan var färdig med intervjun så skulle polisen informeras. Polisen var förberedda för att göra fyra simultana husransakningar, men de visste ännu inte vart det skulle göra dem.

Lisa hade sagt tidpunkt som Jörgen och riksåklagaren skulle få de sista dokumenten som visade namnet på de inblandade. Hon hade informerat dem om att tillslaget skulle ske i Umeå samt Stockholm. Det fanns inget i Lisas dokument som tydde på att det fanns beväpning på någon av tillslagsplatserna. Riksåklagaren hade förberett lokala polischefen i Umeå som hade inkallat all extrapersonal som gick att tillgå och satt ihop tre grupper. Riksåklagaren hade inte velat säga vad tillslaget rörde sig om men antytt att det skulle tas i beslag mycket datoruppgifter och att tillslagen skulle samordnas över flera platser i Sverige. Det brukade innebära barnpornografibrott. Ingen polis hade därför kunnat ha förkunskap och på så sätt tipsat de inblandade. På morgonen hade grupperna förberetts och de hade fått ett preliminärt klockslag, klockan elva.

Stefan gick fram mot den blå villan. Det var en varm sensommardag och solen sken. Han noterade att gräsmattan var välklippt och att inget onödigt låg framme på tomten. "Det ser perfekt ut utifrån, men snart har jag förstört allting". Efter tre snabba trappsteg så knackade han på dörren. Det dröjde några sekunder och sedan hördes steg i hallen.

– Välkommen in
– Tackar
– Vad roligt att du kom. Blev förvånad när du ringde, är inte vad vid att göra intervjuer
– Som jag sa ses du av många som den mest lämpade efterträdaren till Hilding, du får nog vänja dig vid att göra intervjuer

De gick förbi köket där Joakims fru Anita satt, hon hälsade och erbjöd dem kaffe och fikabröd. Med ett wienerbröd i ena handen och en kaffekopp i den andra så fick Stefan en husesyn. Huset kändes större ut på insidan än vad det gjorde på utsidan. Bottenvåningen innehöll ett stort allrum som satt ihop med köket, källaren var inredd med stor bastu och

117

relaxavdelning samt några förråd, på övervåningen fanns ett sovrum med walk in closet och två arbetsrum.

– Det är verkligen fint

– Tack, en av fördelarna med att inte kunna skaffa barn är att man har tid att skapa sitt drömboende utan att behöva anpassa huset för lekhörnor

De gick och satte sig i soffan.

– Går det bra att jag spelar in intervjun, det blir mycket lättare då

– Absolut, inte mig emot

Joakim berättade om hur han och Hilding hade växt upp i Storuman, hur de följts åt genom universitetet och sedan i HESU. De första tunga åren, den lyckosamma expansionen när de köpte upp hyreshus när marknaden kraschat som mest. Hur de genom riskabla aktiespekulationer byggt upp ett stort kapital som använts till att expandera ännu mer. Företaget hade växt år efter år och nu ägde HESU hyresfastigheter för ungefär ett hundra miljarder, dessutom ingick ett flertal finansföretag inom koncernen.

– Vi har jobbat hårt, men vi har också haft mycket tur. Skulle vi börjat några år tidigare hade företaget åkt med i bostadskraschen, hade vi börjat några år senare hade vi aldrig kunnat köpa fastigheter så billigt. Men utan en VD som Hilding hade turen inte räckt, utan honom vore vi ett litet lokalt företag som ägde några hyresfastigheter

– Turen spelar en stor roll i allt vi gör, det gäller att vara ödmjuk inför slumpen. Jag känner mig nöjd med intervjun, jag har fått en bra bild av dig. Men jag skulle vilja ställa några sista frågor för att komplettera

– Fråga på

– Vad vet du om Minerva Holding

Joakim funderade ett tag före han svarade.

– Känner igen namnet, tror att vi har gjort någon sorts affärer med företaget, men mer än så vet jag inte

118

- Jag har uppgifter som tyder på att de håller på med olaglig skatteplanering, vapenförsäljning samt trafficking
- Det låter inte bra. Men som sagt vet jag inte så mycket om företaget. Tråkigt om vi har gjort affärer med dem, det måste vi se över
- Jag har också mailuppgifter som tyder på att du har varit involverad i företaget
- Där har du tyvärr fel, skulle gärna vilja se de uppgifterna, för som sagt så känner jag igen namnet och vet om att vi troligen gjort några affärer med dem, men mer än så känner jag inte till
- Jag har även uppgifter på att du är ägare till ett bankkonto som gjort stora förtjänster genom optionshandel i samband med Hildings och Kajsas död. Har du några kommentarer på det

Joakim verkade helt ställd. "Nu går det upp för honom, han inser att det är kört". Sekunderna gick men Joakim satt tyst.

Anita kom in i rummet.

- Att du har mage att komma hit och säga att det är en vanlig intervju. Sedan kommer du med sanslösa attacker mot min älskade Joakim. Han skulle inte göra en fluga förnär. Du är inte längre välkommen här, gå härifrån direkt
- Jag kommer att gå när jag får svar på frågan
- Nej. Du kommer att gå nu

Stefan hörde på hennes röst att det inte var läge att ta diskussion. Han plockade snabbt ihop sina saker. När han skulle stänga ytterdörren så satt Joakim kvar i soffan och såg lika ställd ut, han öppnade dörren för att säga något när Anita slängde igen dörren. Stefan hörde att dörren låstes och hörde hur Anita svor efter honom.

Stefan ringde Lisa.

– Det är dags, intervjun är klar, den gick inte så bra som jag hoppades men fick i alla fall ut lite information

– Då kontaktar jag riksåklagaren och Jörgen med namnen i härvan

– Gör det

När hon lagt på så ringde hon direkt till Jörgen och berättade kort om vilka de inblandade var. Hon mailade sedan över dokument som tydligt visade att allt pekade mot att både Hilding, Kajsa och Joakim alla tre varit inblandade i företaget.

Kapitel 27
Måndag 10:e augusti, förmiddag

När Lisa hade ringt så väntade Cecilia utanför KJ Välfärds kontor med en kamera i högsta hugg, Lisa satt och läste på en parkbänk med utsikt över Hildings hus och Stefan satt i en bil ungefär trettio meter ifrån Joakims hus. Stefan hade hyrt in en vän som frilansfotograf utanför Minervas lokaler i Stockholm. Klockan elva på förmiddagen skedde allting samtidigt. Det knackade på fem poliser på vardera platsen. Lisa fick bilder på när Desiree öppnade och lyckades fånga hennes oförstående min när poliserna visade husrannsakningsordern. Cecilia fotograferade när fem poliser gick in i KJ Välfärds kontor. Stefan hade en videokamera riktad mot ytterdörren och en kamera i handen när poliserna gick fram till Anitas och Joakims hus. Men när poliserna knackade på dörren så var det ingen som öppnade. "Han måste ha panik efter mitt samtal". Poliserna ringde på upprepade gånger men ingen öppnade. En av poliserna tog fram en kofot och började bryta upp dörren. Då small ett skott till och polismannen som bröt upp dörren föll ihop. Två av polismännen flydde i panik från gården, en av polismännen kastade sig raklång på marken, den femte drog den skadade polismannen ut mot gatan. Stefan fortsatte ta kort hela tiden. "Han sköt en polisman, han sköt en polisman", var det enda han kunde tänka.

Inom några minuter hade det anlänt fyra stycken polisbilar med påslagna sirener. Den skadade polismannen blev bortförd i en ambulans. Polisen avspärrade hela kvarteret, de gick sedan runt i kvarteret och knackade dörr, alla boende som var hemma evakuerades skyndsamt. Stefan såg två poliser närma sig hans bil, "jag tänker inte bli evakuerad från mitt livs scoop", tänkte han och gömde sig i baksätet under en hög med kläder. När han tittade upp igen hade de två poliserna passerat honom. Han hade perfekt uppsyn över ett gisslandrama.

Efter några minuter hörde Stefan och alla andra i området Anitas röst från en megafon.

– Jag är gisslan, Joakim hotar att döda mig om ni inte låter honom få fri lejd ut ur landet. Snälla rädda mig

"Vilket fegt kräk, han har tagit sin fru som gisslan". En ung polis svarade Joakim via sin egen megafon.

– Du är omringad, du har ingen chans att fly, om du ger upp nu kommer ingen mer att skadas

– Han säger att ni har sex timmar på er att anordna en säker transport, annars dödar han mig

Stefan kunde knappt förstå att han verkligen var med i situationen. Ett gisslandrama i ett villaområde i Umeå. Han hade varit krigskorrespondent så han var van vid våld, men han hade aldrig varit med om en gisslansituation. Han kände det som att han var med i en dålig amerikans polisfilm. "Det är ju en kille som jag träffat och snackat med flera gånger". Första timmen gick sakta, alla poliser hade fått på sig skyddskläder och skyddshjälmar. Polisens förhandlare hade försökt prata med Joakim upprepade gånger men hade inte fått något svar.

– Ni har nu fem timmar på er. Snälla rädda mig

"Men varför låter han henne prata. Är han rädd för att bli skjuten ", tänkte Stefan.

– Vi har dig omringad, om du ger dig nu kommer ingen mer till skada

Stefan såg att många av poliserna såg skärrade ut, han kunde inte klandra dem, första gången han själv hade bevittnat en skottlossning hade han kastat sig bakom en bil och kissat på sig. Andra timmen gick och det var samma visa. Polisens förhandlare försökte få kontakt men fick inget gensvar.

– Fyra timmar kvar. Han har ett skjutvapen och hotar mig

Stefan såg Anita titta fram bakom en gardin, hon hade munkavle på sig. Hon signalerade något in mot huset. "Det räcker inte med att han använder henne som gisslan, han låter henne dessutom agera mänsklig sköld när hon tittar ut på gatan".

– Tre timmar kvar

"Han kommer att döda henne", tänkte Stefan.

Kapitel 28
Måndag 10:e augusti, förmiddag

Samtidigt som en polisman sköts i Umeå tränade nationella insatsstyrkan på terroristbekämpning. Bernard svettades i den tunga skyddsvästen när han vinkade att gruppen skulle förbereda sig på inbrytning. Målet var att frita gisslan genom att göra tre samtidiga inbrytningar med hjälp av tårgranater och skyddmasker. Det var en svår operation, dessutom hade det hela hade försvårats av att ett rum i huset hade börjat brinna. Bernard tog beslutet att trots det fortsätta inbrytningen. Han gav klartecken och alla tre grupperna kastade simultant in tårgranater. Bernard ledde själv fem man in genom huvudingången. När han kommit in genom dörröppningen så säkrade han direkt rummet. Det var ett tomt rum med tre dörrar. Enligt uppgifterna de fått före inbrytningen befann sig gisslan bakom dörren längst till vänster. Egentligen borde gruppen säkra alla de andra dörrarna före de gick mot gisslan, men Bernard bedömde att branden i ett av rummen gjorde att man var tvungen att få ut gisslan så snabbt som möjligt. När han gick förbi de andra två dörrarna så hörde han ett metalliskt ljud, han vände sig om och tittade in i mynningen på en Kalashnikov, han blev skjutet med en automatsalva rakt i bröstet.

– Avbryt övningen, skrek Jan Olofsson
"Fan också, säkra alltid dörrarna du går förbi".
– Det var mitt misstag, jag ledde gruppen fel, sa Bernard
– Det gjorde du, men det får vi prata mer om senare, det är inte därför jag avbryter övningen. Vi har fått ett larm om ett gisslandrama i Umeå. En man har tagit sin fru till gisslan hemma i deras hem. När polisen skulle ta in mannen till förhör så blev en av poliserna skjuten i magen. Polisen opereras i dagsläget men ser ut att överleva. Lokal polis har avspärrat området men håller sig på långt

avstånd. De har begärt förstärkning av oss och vi åker genast

– Vet vi något om vad vi förväntas göra

– Går ej att svara på exakt. Men primära målet är inbrytning och att ta mannen levande. Några fler frågor

Alla tjugofem personerna som stod framför Jan Olofsson var tysta. Det här var ett farligt uppdrag, det förstod alla. Nationella insatsstyrkan hade bildats just för att polisen skulle ha en enhet som kunde hantera den grövsta brottligheten såsom gisslantagande och terrorbrott. De flesta uppdrag löste nationella insatsstyrkan genom att bara visa sig, de brottsmisstänkta gav ofta upp om de fick se tungt beväpnade svartklädda män lägga sig på ett tak siktandes med sina prickskyttegevär från Heckler&Koch. De svåraste uppdragen var när en eller flera gisslan var inblandade, styrkan var då tvungna att vara extra försiktiga för att inte riskera gisslans liv. Men det gjorde att gruppen utsatte sig för mer fara än vida andra uppdrag. Trots det var det ingen av de tjugofem personerna som bad att få backa undan. Det ingick in jobbet att riskera sitt liv för att rädda andras.

Femton minuter senare så åkte fem mörkblå jeepar snabbt på E4:an norrut. Bilarna hade helt svarta skottsäkra rutor, det stod Polis stort över sidorna på bilarna. De var specialbyggda jeepar för att minska skador vid höghastighetskrockar och minexplosioner. I varje bil satt en förare samt fem män i mörkblå polisuniformer samt ansiktsmasker. I bagageutrymmet låg det stora trunkar med material för uppdraget, alltifrån automatvapen till mörkerglasögon.

– Vi anländer till Ärna om tjugo minuter, försvarets helikoptrar har lyft från Linköping. Vi har fått bilder samt kartor från den lokala polisen, sa Jan och började dela ut bilder. Jag vill att ni tittar igenom allting noga så att ni kan terrängen, när vi anländer till platsen så kommer jag att vilja ha fem prickskyttar och dessutom tre grupper som är redo för eventuell inbrytning. Det pågår förhandlingar med gisslantagaren men han verkar inte ge upp

– Uppfattat

När Bernard såg de utskrivna bilderna på villan och omgivningen däromkring slogs han av hur alldagligt området verkade. Utspridda villor med välklippta gräsmattor, några studsmattor utspridda hemma hos barnfamiljerna. Ett par barncyklar låg slängda i gräset framför ett rött hus. "Barnen låser inte ens cyklarna", tänkte Bernard och skakade på huvudet. Det var svårt att förstå. Han tittade upp och såg att många av de andra verkade tänka samma sak. I vanliga fall ingrep insatsstyrkan mot någon känd brottsling som gått för långt, i sådana lägen kunde Bernard på något sätt förstå situationen. Men han kunde inte förstå vad som drev en man att ta sin egen fru som gisslan för att därefter skjuta en polis.

Bilarna anlände till militärflygplatsen Ärna som låg just utanför Uppsala. Visste man inte att det låg en flygplats där missade man den troligen när man körde förbi. Mitt ute i ett stort åkerområde låg det två startbanor i vinkel. Det var inget staket runtomkring området, det låg det utspridda bondgårdar mindre än hundra meter bort från startbanorna. Men trots detta var säkerheten mycket hög. Rörelsesensorer i kombination med närvaro av militärpolis dygnet runt gjorde att Ärna var en av Sveriges hårdast bevakade flygplatser. Trots att bilarna tydligt innehöll insatsstyrkan så var förarna tvungna att legitimera sig före de blev eskorterade av en militärjeep in på flygplatsområdet. De parkerade på baksidan av huvudbyggnaden. När Bernard klev ur bilen möttes såg han direkt ett flertal stora containrar där det med stora bokstäver stod UN. Från Ärna flögs alla Sveriges militära utlandsinsatser.

Bernard visste att Sverige inom två dygn skulle kunna landsätta en pluton soldater vart som helst i världen. Även om en pluton endast var runt trettio soldater så var det

126

soldater från Särskilda operationsgruppen. Särskilda operationsgruppen var nationella insatsstyrkans motsvarighet i det militära, de var högspecialiserade och kunde utföra uppdrag som inte ens jägarkompanierna i landet klarade av. Nationella insatsstyrkan och Särskilda operationsgruppen brukade regelbundet träna ihop. Under övningarna hade Bernard fått veta om ett flertal insatser som få utanför gruppen kände till. Under de senaste åren hade Särskilda operationsgruppen varit med om att avstyra en statskupp i ett västafrikanskt land, gjort två fritagningar av svensk gisslan utomlands samt varit i regelrätta strider i minst två andra länder. Trots att gruppen var högt respekterad inom den internationella militären så var det få svenskar som kände till den. Det var en medveten taktik, uppgifter om gruppens storlek eller deras uppdrag skulle inte nå ut till allmänheten.

Bernards tankar avbröts av det välkända helikopterljudet. Det spelade ingen roll hur många gånger han sett de mörkgröna Helikopter 16 Black Hawk komma flygandes, det var varje gång lika mäktigt. När helikoptrarna landat så lastade alla tjugofem man på före rotorbladen hade stannat av. Bernard fick en liten klump i magen när helikoptern lyfte, det var en helt annan acceleration än i bilar, accelerationen skedde rakt uppåt. Bernard gav tecken till gruppen att slå på radiokommunikationen i sina hörlurar. De diskuterade igenom hur de skulle sköta uppdraget i Umeå. Att placera prickskyttarna var enkelt, det fanns många bra hustak och balkonger som passade bra. Det svåra var att bryta in i villan på rätt sätt, gruppen som bröt sig in fick inte upptäckas för tidigt, då var risken stor att gisslan mördades. Om gisslan skulle överleva var överraskningsmomentet mycket viktigt. Gruppen diskuterade därför fram och tillbaka från vilket håll själva inbrytningen skulle ske ifrån. Det fanns fördelar och nackdelar med alla sidor. Det hela handlade egentligen om vilka riktningar de trodde att gisslantagaren hade uppsikt åt, för det fanns fönster åt alla håll från villan. Tillslut kom de fram till att gruppen Bernard ledde skulle göra inbrytningen via ett köksfönster, de skulle krypa fram till häcken och sedan göra en snabb inbrytning med tårgranater via köksfönstret.

När helikoptrarna landade så stod Jan Olofsson först bara och stirrade på bilarna som mötte dem. Det var sju bilar i olika färg och storlekar, alltifrån en tvåsitsig sportbil till två stora familjebilar. Bredvid dem stod en ensam polisbil.

- Hej jag heter Hans och skall transportera er till huset. Ber om ursäkt, det är så mycket personal uppbunden i området kring gisslandramat att vi inte hann fixa fram mer än en polisbil, vi fick ta extrapersonalens privatbilar
- Förstår, sa Jan och fick kämpa för att inte skratta å det komiska i situationen

Några minuter senare så åkte en polisbil med påslagna sirener tätt följd av sju bilar. I bilarna satt polismän i mörkblå uniformer och med automatvapnen väl synliga. "Vad i helvete", tänkte Bernard när det kom rullande en liten färgglad plastboll mot hans kpist.

Kapitel 29
Måndag 10:e augusti, eftermiddag

När det var två och en halv timme kvar till Joakims sluttid kom det i hög fart en polisbil samt sju privatbilar. Det tog lång tid för Stefan att koppla vilka som kom i de sju privatbilarna. "Nationella insatsstyrkan är här, men vad fan kommer de i för fordon". Stefan kunde inte höra vad som sades när en svartklädd man från nationella insatsstyrkan gick fram till polisen som hade haft befäl över situationen, men det var tydligt att den svartklädde tog över befälet.

– Hej jag heter Jan och jag är chef över nationella insatsstyrkan, vi har dig omringad, vi ber dig att lämna över dig så kommer ingen ett bli skadad. Du har ingen chans att fly

Men inte heller Jan fick något svar. Tiden gick. Jan gav nya order och det kom upp fler prickskyttar på hustaken. Han fortsatte sina försök att få kontakt med Joakim men fick fortfarande inte något svar.

– Två timmar kvar hördes den alltmer desperata rösten från Anita

Jan gav nya order. Det var fri eldgivning mot Joakim om han visade sig, primärt skadande skott, men om inte det gick så var dödande skott acceptabla. Femton man ur insatsstyrkan drog sig tillbaka till ett hus som blivit sambandscentral. De tog därinne på sig en kraftigare skyddsutrustning. Jan hade gett order om att förbereda en stormning av huset. De femton som skulle göra stormningen av huset gick igenom ritningar och planering.

– Jag bedömer det som att det är hög risk att gärningsmannen kommer att döda gisslan när tidsfristen går ut, vi måste därför försöka oskadliggöra honom före dess

– Vad vill ni att vi ska göra, frågade Bernard

129

– Jag vill att ni kastar in chockgranater samt rökgranater, sedan gör ni en inbrytning med gasmasker. Fri eldgivning på gisslantagaren, primärt mål att oskadliggöra, sekundärt mål att döda gisslantagare. Förbered er och vänta på min signal

– Uppfattat, vi intar startpositioner

Det beslutades att Bernard skulle leda huvudgruppen och de andra två grupperna skulle understödja. Jan hoppades att han slapp beordra en inbrytning. Han hade bestämt sig för att vänta tills det var en halvtimme av tidsfristen kvar, då hade han gett Joakim rimlig möjlighet att ta sitt förnuft till fånga samtidigt som risken att gisslan avrättades minimerades. Men det var en svår balansgång och i efterhand skulle han många gånger fundera över om han hade gjort rätt val.

– En timme kvar, snälla ge honom fri lejd, annars kommer han att döda mig

Spänningen ökade hos alla närvarande. Jan insåg vad han snart skulle beordra. Stefan förstod att hans snart skulle få vara med om något han aldrig hade kunnat drömma om. Medlemmarna i insatsstyrkan förberedde sig på att göra en livsfarlig inbrytning där både deras egna liv, gisslantagarens och gisslans liv riskerades.

Plötsligt small det till inifrån huset. Stefan tyckte inte det lät som ett vapenskott men kunde inte placera ljudet. Inom några sekunder förstod han att Joakim hade tänkt på huset. Elden spred sig snabbt i huset. Då kom Anita utspringandes från ytterdörren. Hon var alldeles blodig i ansiktet och haltade. Två svartklädda polismän sprang fram mot henne och drog henne till säkerhet. Elden spred sig kraftigt och när elden hade nått källaren så kom det två kraftiga explosioner efter varandra. När brandkåren anlände koncentrerade de sig bara på att skydda närliggande hus, Joakims och Anitas hus var bortom all räddning.

Vad Stefan inte visste när han såg huset brinna ner var att hans bild föreställandes två svartklädda polismän som hjälpte Anita från det brinnande huset skulle vara den mest spridda bilden i svensk media någonsin.

Kapitel 30
Måndag 10:e augusti, kväll

Timmarna efter gisslandramat var hektiska, det gällde att nyheten släpptes på rätt sätt. Stefan var den enda journalist som hade tillgång till det ett av de största scoopen i Sveriges historia. Redan före gisslandramat hade han tillsammans med Lisa och Cecilia bestämt sig hur de skulle lägga upp det. Det var många saker som skulle vägas in. Det var viktigt att nå ut brett med nyheterna han hade, men han kände också att det var viktigt att betala tillbaka till ECT som så länge hade satsat på honom när inga andra tidningar vågat. Artikelserien i ECT skulle förklara hur alla bitar hängde ihop och skulle ge den sammanhängande berättelse.

Redan samma kväll intervjuades Stefan i Aktuellt. Han hade förberett sig noga. Aktuelltreportern var inställd på att Stefan bara skulle berätta om gisslandramat, men Stefan berättade att gisslandramat bara var en del av en mycket större nyhet.

– Kan du förklara närmare vad det är för stora nyheter som du pratar om

– Jag kan inte avslöja alla detaljer just nu, men jag kan säga att det rör sig om ett svenskt företag som är inblandat i organiserad brottslighet. Ni kommer att kunna läsa utförligare om det i morgondagens ECT

Aktuelltreporten blev ställd och kom inte på någon följdfråga.

Efter intervjun så ringde Stefan, Cecilia och Lisa upp ett flertal utländska tidningar som de hade förhandlat med om att få publicera en förkortad version av reportageserien på engelska. Efter aktuelltintervjun blev det enkla förhandlingar, alla tidningar som de varit i kontakt med köpte reportageserien. Utöver det så kontaktade Stefan Expressen och erbjöd dem att publicera några artiklar om Kajsa Johansson, men han krävde att Knut skulle stå som medförfattare. Aftonbladet, Dagens industri samt Dagens nyheter fick köpa artiklar om Hilding och Minerva.

När de hade ringt klart var klockan över elva. Cecilia hade varit nere på den lokala pizzerian och köpt tre rullpizzor.

– Skål till trion som fångade de fula fiskarna ihop, sa Stefan och skrattade

De var hungriga med orkade knappt äta. De pratade länge om livet. Stefan hade bestämt att alla pengar han fått in på sina publiceringar skulle delas i tre delar, även om Cecilia och Lisa protesterade var han obeveklig, alla tre skulle dela lika.

De njöt av att det äntligen var över, även om det hade varit spännande att arbeta med allt kring Minerva så var det härligt att det var över. De kunde förhoppningsvis återvända till sina vanliga liv. När de satt tysta i bastun och tittade ut över älven blev det tydligt hur mycket de tyckte om varandra. Alla tre levde med människor de älskade och var nöjda med sina liv. När natten började bli sen gick de tillsammans till sängkammaren.

Kapitel 31
Onsdag 12:e augusti

Klockan 06.30 väcktes Cecilia av sin ringsignal. Hon kollade displayen – Olivia. "Ett sent fyllesamtal eller ett tidigt morgonsamtal".

– Hej det är Cecilia

– Hej, jag behöver prata med dig om något viktigt, har du möjlighet

– Jag har inget annat för mig. Förutom att sova då såklart

– Bra. Jag ska gå direkt på saken i så fall. Det var en kille som försökte ragga på mig när jag var ute

– Vill du ringa och göra mig svartsjuk såhär mitt i natten

– Nej det är inte det, jag kommer till poängen snart. Han var affärsjurist och försökte imponera på mig. Han berättade hur han hade hjälpt till vid olika företagsuppköp. Jag höll på att gå därifrån och han växlade upp för att hålla mig kvar. Han antydde att han arbetat med Minerva Holdings och att de skulle upp i rätten imorgon, eller idag blir det. Men det var inte allt. De var inställda på att förlora rättegången. Deras enda uppgift var att fördröja målet så länge som möjligt. De behöver tid för att rädda undan bevis mot vissa personer. Han sa inte vilka som var inblandade men han sa att de var högt uppsatta

Cecilia var klarvaken.

– Det får absolut inte komma ut att det är jag som sagt det här till dig

– Jag ska att inte nämna ditt namn för någon, men jag ska se till att en fågel viskar i åklagarens öra

– Om någon får reda på att det är jag som sagt det så kommer jag förlora arbetet och ingen byrå kommer någonsin att anställa mig. Det finns inget visselblåsarskydd inom affärsjuridiken

– Jag lovar att jag inte kommer att nämna ditt namn för någon

De blev tyst i luren.

– Jag saknar dig, när får jag träffa dig, frågade Cecilia

– När som helst, när som helst

Cecilia var klarvaken. Hon väckte Lisa och Stefan. De försökte hitta mobilnummer till åklagaren Peder Stenlund men han hade skyddat nummer. Tillslut lyckades Lisa få tag på hans personliga mobilnummer via Jörgen Knutsson.

Kapitel 32
Onsdag 12:e augusti

Dagen var det inte bara starten av Stefans artikelserie. Det var även starten på en lång och snårig rättsprocess. Peder Stenlund hade begärt att frysa alla Minerva Holdings tillgångar samt att företaget skulle placeras under tvångsförvaltning. Det var i vanliga fall en ren formalia då det var en så tydlig brottsmisstanke. När han kom in i rättssalen så insåg han att det inte skulle bli så enkelt som han trodde. På försvarets sida satt det totalt sju advokater. När han kom så pass nära att han kunde granska dem såg han att det inte var några gröngölingar. Peder kände igen fem av dem som jurister inom finansjuridikens översta skikt. Dommaren kom in i rummet och alla ställde sig upp.

- Målet gäller åklagarmyndigheten mot Minerva Holdings, staten begär att alla Minerva Holdings tillgångar fryses samt att tvångsförvaltning sker. Gillas åtalet?

- Ja, sa Peder

- Nej, sa de sju försvarsadvokaterna unisont

- Låt oss börja, åklagarsidan börjar sin sakframställning

Peder hade förberett ett kort formellt dokument som han läste igenom. Han förbannade sig själv för att han inte gjort det grundligare, han hade aldrig kunnat tro att det verkligen skulle bli en rättegång. Det gick dock ganska bra, han var tydlig och koncis.

- Tack för det. Nu vill jag höra försvarets sakframställning mot åklagarmyndighetens begäran

- Tack herr domare

Den första försvararen gjorde en lång sakframställan som tog över en halvtimme. Det var mycket upprepningar och egentligen kunde samma sak sagts på någon enstaka minut, domaren bad försvararen två gånger att inte upprepa sig.

"Vad håller de på med, förstår de inte att de skadar sin sak genom att vara så långrandiga", tänkte Peder.

– Nu har jag hört båda sidornas sakframställan, har någon av sidorna vittnen att kalla

– Nej, sa Peder

– Ja, sa en av de andra försvarsadvokaterna och lämnade fram en diger vittneslista

– Det här är en väldigt lång lista med många vittnen som jag vid en första överblick inte förstår relevansen utav

– Det är förståeligt. Det är ett betydligt mer komplext fall än vad åklagarmyndigheten vill åberopa. För att förtydliga så har vi gjort en förteckning av prejudicerande fall som förklarar vittnenas relevans

En annan av försvarsadvokaterna gick fram med en tjock lunta papper till både Peder samt domaren. Domaren ögnade igenom papperna.

– Dessa papper samt de många vittnena ställer ärendet i en ny dagar. Vill åklagarmyndigheten ha extra tid att gå igenom de nya handlingarna och förbereda sig inför vittnesförhör

– Ja, sa Peder

En något längre försvarsadvokat än de tidigare böjde dig fram emot mikrofonen.

– Förvaret ställer sig positiva till att åklagarmyndigheten får rimlig tid för att förbereda sig

– Då ajournerar vi förhandlingarna och återupptar dem efter lunch, klockan 13

Peder gick direkt till åklagarmyndighetens korridor i huset. Han satte sig med den stora pappershögen, ögnade igenom några papper och började räkna. Han insåg att det inte fanns en chans att han själv skulle kunna gå igenom alla papper före lunch. När han satt och funderade så kom det upp ännu ett samtal på displayen, samma nummer som tidigare, han tryckte bort det igen. I samtalslistan såg han att det var femton

137

missade samtal från det numret, dessutom ett tiotal missade samtal från två andra nummer. Han blev nyfiken men insåg att han inte hade tid. Han ringde runt till kollegor som kunde hjälpa honom. En halvtimme senare så var de fyra personer som läste varsin del. Tio minuter i ett var de klara.

– Har ni hittat något, frågade Peder
De andra skakade på huvudet.

– Med tanke på vilka som sitter på andra sidan så har försvaret väldigt goda ekonomiska resurser. Jag antar att de griper efter varje halmstrå

Peder han just sätta sig på sin plats före klockan slog ett. Första vittnet som kallades var en bankman på Stockholms Enskilda Bank, SEB. Han hade varit Minervas kontaktperson i banken. Det blev ett långt förhör från försvarsadvokaternas sida som inte tillförde något substantiellt. Minerva hade skött sina affärer via SEB korrekt, han hade ingen kännedom om att de sysslade med olaglig verksamhet. Peder frågade några förtydligande frågor efter det men fick inte heller han fram något nytt.

Samma sak upprepades med fem vittnen till under dagen. Det kom inte fram något nytt som kunde tala till försvarets fördel. Peders oro hade släppt under dagen. Det fanns egentligen ingenting som talade till försvarets fördel. Inte ens sju toppadvokater kunde ändra på det. Men det störde honom var att rättegången skulle ta mycket längre tid än väntat. Han hade förväntat sig få igenom åklagarmyndighetens krav på några minuter, nu hade det gå en hel dag och de var inte klara. "De lyckas bara skjuta upp det oundvikliga". Han slank ut ur en sidoingång och lyckades på så sätt slippa reportrarna.

När Peder var ett kvarter ifrån sin lägenhet kom länspolismästare Jörgen Knutsson gåendes mot honom på trottoaren.

– Hej, sa Peder och började gå förbi

138

- Hej Peder, jag vill ta upp en sak med dig
- Kan det inte vänta, jag har en viktig rättegång och är helt slut i huvudet
- Det gäller just den rättegången, har försvarsadvokaterna förhalat hela rättegången idag
- Ja det kan man säga, varför undrar du det
- Det är deras taktik. De kommer att köpa tid, få allting att ta en dag till, sedan en till. Under tiden kommer de att se till att bevis försvinner och personerna i toppen kommer undan
- Hur vet du det här
- Fick ett tips från en väldigt trovärdig källa

Peder stod kvar ett tag när Jörgen gått vidare. Allting stämde plötsligt. Det hade gått en hel dag utan att något hade hänt.

Kapitel 33
Torsdag 13:e augusti

Peder möttes av ett flertal fotoblixtar på väg in i rättegångssalen. Salen var den fylld till sista plats. Stefans första artiklar var publicerade och Minerva Holdings var nu en stor nyhet. Peder tittade ut över salen och kände igen många journalister. Det var en ny känsla för honom att stå mitt i allt rampljus.

Domaren kom in och öppnande rättegången.

– Jag har förstått att åklagarmyndigheten har velat inleda med en begäran

– Tack herr domare. Gårdagen blev en väldigt lång dag utan att vi kom framåt, det är dessutom en lång lista kvar på vittnen som försvaret vill kalla. Risken är stor att den här rättegången drar ut på tiden så pass länge att viktiga bevis hinner förstöras. Åklagarmyndighetens begäran är därför att Minerva Holdings tillgångar fryses med omedelbar verkan. Detta för att försvåra eventuell undanröjning av bevis

– Vad säger försvaret om denna begäran

– Vi motsäger oss det. Varje individ, person som företag har rätt att kalla sina vittnen och få en rättslig prövning utan att bli dömd på förhand. Att frysa tillgångarna skulle skada Minerva och vore därför i praktiken att döma företaget på förhand, trots att inte rättegången är klar

Domaren satt tyst och funderade länge. Sedan vinkade han fram Peder samt de sju försvarsadvokaterna.

– Båda sidor lägger fram vettiga argument för sina ståndpunkter. Jag tycker att åklagarmyndighetens begäran är rimlig då det finns stark misstanke om brott

– Försvaret motsätter sig det beslutet men kan tänka sig att gå med på en kompromiss. Det finns två huvudvittnet som vi vill kalla, de kan göra stor skillnad för

140

bedömningen av målet. Vi kan tänka oss att endast kalla dem och sedan gå till beslut i eftermiddag. Men då behöver vi tid att ändra om våra utfrågningar, dessutom behöver de två vittnena kallas in då de inte var planerade förrän senare idag

– Jag tycker att det låter rimligt, då kommer vi till ett någorlunda snabbt beslut, sa Peder

– Då beslutar vi så, ni kan gå tillbaka till era platser

När de satt sig igen talade domaren ut över salen

– Målet ajourneras en timme då vi gemensamt beslutat att stryka de flesta vittnesmålen och därför behöver vänta in två vittnen som inte befinner sig i lokalen för tillfället

Peder var spänd av förväntan när det första vittnet satte sig i vittnesbåset, försvaret hade trots allt sagt att vittnet kunde göra avsevärd skillnad i målet. Men när utfrågningen började så var det inget nytt som kom fram. Inget som kunde hjälpa Minerva Holdings på något sätt. Försvaret var dock lika långsamma som de varit dagen före. När försvaret hade frågat ut sista vittnet så var klockan halv ett och målet ajournerades för lunch.

När de kommit tillbaka så började Peder hålla sitt slutanförande. Han höll det kort och formellt. Det fanns starka bevis mot att Minerva Holdings hade olaglig verksamhet, inget under dagarna hade framkommit som talade emot det.

Efter det var det försvarets tur.

– Tack Peder för en fin genomgång. Men försvaret vill upplysa rätten om att det endast är Minerva Holdings tillgångar som åtalet gäller. Då Minerva Holdings sedan några timmar har sålt iväg stora delar av sin verksamhet samt tillgångar så motsätter sig inte längre försvaret frysningen av Minerva Holdings tillgångar

Det blev helt tyst i salen. Peder försökte få ihop vad som sagts.

- Det är en nyhet som väcker många funderingar, men som försvaret säger så gäller målet endast Minerva Holdings tillgångar, om de sålt ut sin verksamhet till företag som inte är dotterbolag eller på något sätt ägs av Minerva Holdings påverkas de inte, sa domaren
- Men det är ju uppenbart att försäljningen har skett för att undvika de praktiska effekterna av domslutet i detta mål, sa Peder
- Försvaret undanber spekulationer och ber domaren att endast döma i det mål som åtalet gäller
- Försvaret har rätt. Om åklagarmyndigheten vill göra ny begäran om att frysa tillgångar hos de nya företagen så är ni välkomna att göra det. Men målet idag gäller bara Minerva Holdings. Har någon sida något mer att tillägga före beslutet fattas
- Nej, sade försvarsadvokaterna unisont
- Nej, svarade tillslut Peder
- Då beslutar jag att alla Minerva Holdings tillgångar skall frysas och företaget skall sättas under tvångsförvaltning

DEL 2

Sensommaren 2015

Rättegången mot Minerva hade bara blivit mer invecklad för var dag som gick. Det hade varit många försäljningar, konkursansökningar, uppstyckningar vilket försvårade avsevärt för åklagarmyndigheten att få en bukt över vilka som egentligen ägde Minervas verksamheter. Tillslut hade åtals väckts mot tolv anställda som var kvar i Sverige och tre hade häktas i sin frånvaro. De skulle med all sannolikhet få fängelsestraff för både trafficking och vapenförsäljning. Det var högsta chefen, styrelsen, revisorer och två anställda som fälldes. Men i den krypterade mailväxlingen var det tydligt att de som verkligen styrde över företaget hade kommit undan, de som åkte i fängelse var bondeoffer. Bevis hade hunnit förstöras.

Stefan stod och borstade tänderna. Han hade till en början försökt att själv utreda vilka personerna i mailväxlingen var, men hade gett upp då han insåg att han aldrig skulle klarat det utan någon mer insiderinformation. Även om han var glad över att det troligen skulle bli tolv som fälldes så grämde han sig för att de verkliga topparna kommit undan.

Alla artiklar han skrivit var publicerade men han hade börjat skissa på att göra en reportagebok där han skrev om allting från början och gjorde analyser som kopplade ihop händelserna med den politiska utvecklingen i Sverige och västvärlden. När han kom in i köket slog han sig ned med kopian på polisrapporten om Joakim och Anitas hus. Han skrev en sammanfattning av texten på ett blankt blad framför sig medan han läste.

"Villan är totalt brandskadad, inget rum är skyddat. I källaren ligger tre dunkar som innehållit bensin, det är troligen där som explosionen skedde. I vardagsrummet ligger det rester efter en person. Personen hade en tydlig skada i vänster tinning som efter ett hårt slag. Runt kroppen ligger rester av rep. Fynden kan överensstämma med berättelsen som Anita lämnat".

Dagstidningen ECT som i vanliga fall hade en upplaga på tiotusen hade dubblerat sin upplaga inför Stefans stora avslöjande. Trots det så sålde tidningen slut i hela landet redan första dagen, redaktionen blev nedring av tidningsdistributörer som ville beställa fler exemplar. Stefan publicerade en artikelserie under en månads tid i Dagstidningen ECT. Det var tidningens största satsning hitintills, men den skulle visa sig vara värd det med råge. Efter att månaden var slut hade tidningen mer än fyrdubblat antalet prenumeranter.

Kapitel 34
Måndag 24 augusti

Cecilia tittade ut genom tågfönstret och såg det svenska landskapet passera förbi utanför rutan. Sommaren händelser hade tömt henne på krafter, hon hade därför tagit ut en månads kompledighet och köpt ett tågluffarkort. Det var ett impulsivt beslut men hon ångrade sig inte. Redan dagen efter att hon hade gått in till chefen satt hon på tåget från Umeå till Stockholm. Lisa hade en planerad resa till Paris i slutet av månaden och Stefan hade fullt schema. När hon satt och tittade ut genom tågfönstret så insåg hon att det var nog lika bra att de andra inte kunnat följa med. "Jag behöver nog tid att vara själv".

Tågets rytmiska dunkande gjorde Cecilia lugn när hon satt och tittade ut genom tågfönstret. Landskapet gled förbi och Cecilia lät blicken glida med. Det var under sin ungdoms tågluff som Cecilia första gången fick upp ögonen för Sveriges vackra natur. Hon kunde sätta fingret på den exakta tidpunkten när det skedde. Efter en två dagars vandring i Österrike så hade Cecilia och Jonathan tagit in på ett vandrarhem där de träffade två par ifrån Italien. De hade ätit middag ihop och under samtalet hade de kommit in på vandringsleder i Europa, Jonathan hade frågat Italienarna om de hade några vandringar att rekommendera. Den mest rutinerade vandraren hade svarat "Kungsleden, Abisko". Italienaren hade tagit fram foton från sina vandring på Kungsleden och Cecilia kunde bara hålla med honom, det var en enastående vacker natur.

När tåget hade stannat på centralstationen tog Cecilia det lugnt, hon lät alla andra resenärer tränga sig ut före hon tog ryggsäcken och gick av tåget. Hon letade med blicken och såg snabbt den hon sökte, moster Lillian verkade malplacerad med sin kavajdress och guldörhängen. Cecilia vinkade med stora rörelser, Lillian gav ett stort leende som svar.

- Men vad roligt att se dig, sa Lillian
- Verkligen, det är alldeles för sällan vi ses

De kramade om varandra och började gå ut från stationen småpratandes. De fick snabbt tag på en taxibil.

- Jag tänkte vi kunde äta middag på Nalen, jag har bokat bord för två
- Kul, tror inte att jag ätit där på över tjugo år
- Ni brukade väll gå dit ganska ofta när du var liten
- Uhmm
- De saknar dig, visst vet du det
- Jag vill inte prata om det
- Jag tycker det är så jobbigt att ni är ovänner. De är trots allt dina föräldrar, kan du inte ge dem en chans
- De har fått sina chanser och bränt sina broar. Det är ett avslutat kapitel för mig

Cecilia tystnade och tittade ut genom bilfönstret för att poängtera att diskussionen var över. Resten av taxifärden var i tystnad.

De fick ett undanskymt bord i ett hörn. Efter förrätten hade samtalet så sakteliga kommit igång. När Lillian berättade om sina barns liv så kände Cecilia ett stygn av saknad. Hon hade aldrig ångrat att hon brytit med sina föräldrar, men det var jobbigt att det inneburit att hon tappat kontakten med kusinerna. Lillian var den enda hon hade haft kontakt med, den enda som inte dömde hennes livsval. Istället för att kritisera Cecilia för att hon kastade bort sitt liv hade Lillian uppmanat henne att följa hjärtat, "du måste lita på hjärtat, älskar du Jonathan ska du leva med honom".

- Det är en sak jag måste berätta för dig. Jag förstår att du är arg på dina föräldrar och du har all rätt att vara det

Lillian tog ett djupt andetag.

- Din mor har fått livmodercancer och den är icke-operabel. Läkarna säger att hon har tur om hon lever ett år till

Cecilia var tyst. Hon försökte känna efter vad hon egentligen kände. Hennes mor som hon för länge sedan hade brutit med hade fått cancer, vad innebar det? Känslorna svajade och hon hade svårt att förstå vad hon egentligen kände.

– Jag vet inte om det förändrar någonting. Jag måste få tänka över hur jag ska göra

– Gör det, det är allt jag begär. Men du ska veta att hon verkligen saknar dig och du skulle göra henne väldigt glad om du skulle hälsa på henne

– Jag ska tänka på det som sagt

Efter middagen hade Cecilia planerat in att träffa Olivia för en kvällspromenad. Olivia var mitt inne i ett företagsuppköp där hon var ansvarig för juridiken, så hon hade en minst sagt intensiv arbetsperiod. De hade stämt träff vid bron över till Djurgården. Cecilia var lite före utsatt tid och satte sig och läste en pocketbok. Hon hade svårt att koncentrera sig på texten och fick läsa om varje sida flera gånger. När hon såg Olivia komma gåendes slogs hon än en gång över hur vacker hon var, det var svårt att slita blicken.

– Hej, vad roligt att se dig, sa Olivia

– Detsamma

De gav varandra en stel kram. Just när de skulle börja gå promenaden så var det två personer som hälsade på Olivia.

– Hej, ni är också ute och går

– Måste passa på när det är fint väder, Djurgården är fin såhär års

– Det här är min barndomsvän Cecilia, vi sprang på varandra och är ska gå en kort promenad för att prata gamla minnen. Det här är min arbetskamrat Carl och hans fru Victoria

Cecilia sträckte fram handen.

– Trevligt att träffas

- Detsamma. Jag tycker jag känner igen dig, gick inte du på rydbergska, frågade Carl
- Det stämmer, gick vi där samtidigt
- Jag tror det, men jag gick två år under dig så du kommer säkert inte ihåg mig
- När du säger det så ringer det någon klocka långt bak i huvudet någonstans
- Men jag känner igen dig också, men det är inte från rydbergska. Är det inte du som bor med Stefan, journalisten som avslöjade Minerva, frågade Victoria
- Det stämmer också, jag bor tillsammans med honom och hans fru
- Det är en liten värld. Trevligt att träffa er, vi ska nog gå vidare om vi ska hinna med en promenad, sa Olivia
- Trevligt, vi ses

De gick efter vattnet. Samtalet gick trögt till en början, båda hade tankarna på annat håll. Men ju längre tiden gick desto mer flöt det på. De skrattade åt varandra skämt. Cecilia stötte till Olivias hand några gånger under promenaden bara för att få känna hennes kropp igen, "jag känner mig som en tonåring". De satte sig med utsikt över vattnet, såg förälskade par strosa förbi hand i hand.

- Ursäkta att jag är så frånvarande, men jag har nyss fått reda på att min mamma har obotlig cancer. Det är bara det att jag inte haft kontakt med henne senaste tjugo åren så jag vet inte hur jag känner
- Usch vad jobbigt. Och konstigt om ni inte har setts på flera år, vad tänker du att du ska göra
- Jag vet inte, jag har ingen aning. Jag har egentligen bestämt mig sedan länge för att inte träffa dem igen. Men om mamma är döendes och hon verkligen vill träffa mig så känns det konstigt att inte ta farväl
- Tråkigt och besvärlig. Du kommer säkert fram till något klokt, det är jag övertygad om

Olivia la sin hand på Cecilias.

Efter att ha suttit länge vid vattnet var Olivia tvungen att gå hem. Ju närmare de kom hennes bostad desto saktare gick de, det var som att ingen av dem ville komma fram. När de stod framför porten så kramade de varandra och sedan sa de hejdå. Cecilia vände sig om.

– Ursäkta, jag skulle behöva gå på toaletten, kan jag få låna din
– Absolut, kom med upp

Lägenheten bestod av ett stort kök, ett sovrum, ett arbetsrum och ett rymligt vardagsrum. När de kom innanför dörren så låste Olivia dörren och tog tag i Cecilias hand. Hon tryckte upp Cecilia mot väggen och började kyssa henne. Cecilia kysste tillbaka. De tog av varandra kläderna på vägen till sängen. Olivia puttade ned Cecilia och gick sedan ned på knä. Hon lät sin tunga leka utefter Cecilias lår samtidigt som hon började smeka hennes klitoris. Cecilia stönade högre och högre, tillslut kände hon de pulserande känslorna ila genom kroppen. Hon var helt slut när Olivia kröp upp och la sig bredvid henne.

– Det där gjorde du bra, tack. Jag måste vila före jag kan fortsätta
– Härligt att du njöt av det

När Cecilia fått tillbaka krafterna så gick hon ned på Oliva. Efter att de hade haft sex så låg de länge nakna och njöt av varandras kroppar.

– Jag tror tyvärr att det är dags att gå nu, men tack för ännu en magisk natt, sa Cecilia
– Tack själv. Jag har aldrig haft sex med någon annan tjej än dig, jag vet inte vad du gör med mig, jag trodde jag var heterosexuell

Cecilia skrattade och började ta på sig kläderna och gick sedan mot hallen.

– Jag kanske inte borde fråga det här, men jag vet inte vart jag har dig så jag frågar ändå. Jag märker att jag blir alldeles varm när jag ser dig, jag vet inte vad det betyder men jag vet att jag vill träffa dig mer, sa Cecilia

– Jag vet inte heller vad jag vill med det här. Det jag vet är att jag haft två fina nätter med dig, men jag vet också att jag inte vill ha något seriöst. Vill inte göra dig besviken, men jag kan inte satsa på något mer än det vi har nu

– Okey, tack för att du är ärlig. Och tack för en fin natt

– Tack själv

De kysstes och Cecilia gick därifrån. När hon kommer utanför porten så kom det tårar efter kinderna. Hon hade blivit förälskad i någon för första gången sedan David, och den personen verkade inte känna samma känslor tillbaka. "Jag är precis som en tonåring", tänkte Cecilia och försökte skratta åt sig själv.

Kapitel 35
Tisdag 25:e Augusti

Första resmålet efter Stockholm var Köpenhamn där Cecilia skulle bo hos sin gamla studiekamrat Hanna. Hanna bodde tillsammans med sin man och deras treåriga dotter ute vid havet några mil söder om Köpenhamn. Det var ett stort vitt hus med bruna knutar. Cecilia fick bo i gästrummet som låg på övervåningen. Rummet var möblerat med en enkelsäng och ett litet skrivbord med en tillhörande stol. Dagarna såg alla likadana ut. Cecilia gick upp tidigt och åt frukost med Hannas familj, sedan gick hon en lång promenad fram till lunch. Efter lunchen så tog hon en tupplur. När hon vaknade så gick hon iväg till lokala gymmet och körde ett långpass. Efter det slog hon sig ner i en läsfåtölj i vardagsrummet med en god bok och läste fram till middagen. Kvällarna bestod av samtal med Hanna och hennes man. Rutinerna hade, som rutiner brukade ha för Cecilia, haft en lugnande effekt. När hon vinkade hejdå till Hanna på tågperrongen så hade hon gått ner i varv, precis som hon önskat.

Nästa tåg tog henne till Berlin. Cecilia hoppade av tåget och tittade sig omkring. Berlin Hauptbahnhoff var en mäktig byggnad som såg ut som ett stort växthus av glas och metall. Två torn av glas höjdes mot himlen, mellan de två tornen var själva tågspåren som var täckta av ett bågformat glastak. Cecilia gick fram till tavlan som visade avgångar "Jag hoppar på nästa nattåg och ser vart det går". Tavlan visade att nästa nattåg gick om tjugo minuter, destinationen var Wien. "Blir bra". Hon hann köpa en liggvagnsbiljett och en pocketbok. Tågets monotona dunkande vaggade henne till sömns.

När hon klev av tåget på morgonen var det en kylig höstmorgon. "Det var tjugofem år sedan jag och David klev av här". Hon tittade sig omkring men kunde inte känna igen sig. "Det var hällregn när vi kom fram, men vi hade bestämt oss att leva på en liten budget så vi gick runt i regnet över fyra timmar före vi hittade ett nog billigt vandrarhem", tänkte Cecilia och log. Det fanns en turistinformationslokal som var stängd, men utanför var det ett ställ med diverse kartor och reklam för hotell och sevärdheter. Hon tittade på kartan och började få tillbaka gamla minnen. "Det var ju där vandrarhemmet låg, på Gustav-Meyer Allee vid parken. Det är ju inte mer än två kilometer, vi måste gått runt i cirklar". Hon bestämde sig för att kolla om vandrarhemmet fanns kvar på samma palts. Det låg ett vandrarhem där hon mindes, men namnet hade ändrats. Hon gick in i på vandrarhemmet och såg en ung man med ett flertal piercingar i ansiktet stå i receptionen.

– Ursäkta mig, har ni något rum, frågade Cecilia på engelska
– Det har vi

Den unga mannen såg upp och blev förvånad när han såg en kvinna på lite över fyrtio år.

– Men är fröken medveten om att det här är ett vandrarhem
– Det är jag, jag bodde här för tjugofem år sedan och tänkte att det vore trevligt att bo här igen
– Vad roligt. Men tyvärr så har vi bara ledigt rum i en sexbäddssal
– Då tar jag det

Rummet Cecilia skulle bo hade tre våningssängar i sig, bredvid varje våningssäng var det ett sängbord samt en dubbelgarderob. "Precis som förra gången". Förmiddagen spenderade hon genom att gå på olika museer. På eftermiddagen satte hon sig på ett café och läste.

Hennes rumskamrater var betydligt yngre än Cecilia, det var nog ingen av de andra som hade fyllt trettio år. Två av killarna hade höga tankar om sin egen coolhet, de satt i en säng där de drack öl och lyssnade på musik.

– Vill du ha lite marijuana, frågade den ena av killarna Cecilia och räckte en cigarrett mot henne

– Nej tack, inte nu, men tack ändå

Cecilia la sig tillbaka i sängen och läste. "Men vad fan, det kanske är just det jag behöver".

– När jag tänker efter så vore det gott med några bloss

Cecilia satte sig bredvid den kille som erbjudit henne cigaretten. Hon drog ett djupt halsbloss men började hosta kraftigt. Både doften och hostattacken väckte gamla minnen. Efter en stund kom två av de andra rumskamraterna tillbaka till rummet efter en krogrunda. Fler öl togs fram och en gitarr plockades fram. Cecilia hade svårt att följa med i allsången då hon inte kände igen de nyare låtarna. Men hon njöt av att återuppleva en del av svunnen ungdom.

De två nästföljande dagarna sov Cecilia ut länge, strosade runt staden på dagarna, på nätterna umgicks hon i rummet med sina rumskamrater. Det var med blandade känslor hon bestämde sig för att åka vidare. Det hade varit härligt i Wien, men alla de ursprungliga rumskamraterna hade åkt vidare och hon kände att hon hade fått precis lagom med ungdomligt natthäng. Dessutom så hade hon bestämt att hälsa på Moa i Barcelona fem dagar senare. Därför satte hon sig på ett tåg som efter ett byte skulle ta henne till södra Frankrike, det skulle passa bra att ha några dagars höstvärme vid franska medelhavskusten. Cecilia läste en guidebok om södra Frankrike och bestämde sig för att hoppa av i Perpignan. En lagom stor stad som låg vid kusten, hon skulle slippa turisthorderna men det var en nog stor stad för att vandra omkring i några dagar. Tåget kom fram sen eftermiddag, hon hoppade på en buss till hotellet som låg med magnifik havsutsikt. Hon köpte med sig lite mat från ett snabbköp och checkade in. Väl på rummet började hon googla runt vad som fanns att göra i staden. Det verkade vara en helt vanlig medelstor stad, det fanns några uteställen av skiftande storlek, enstaka biografer samt en teater. "Idag vill jag gå ut och dansa". Hon hittade ett uteställe som var berömt för ett stort gungande dansgolv, stället hade dessutom utsikt över havet vilket passade Cecilia utmärkt. Hon hittade en passande spellista på sin mobil och åt sedan upp maten. Efter duschen stod hon och funderade över vilka kläder hon skulle ta på sig. Hon var kluven, hon hade en röd klänning som skulle passa perfekt att dansa i, men nackdelen med den var att den var något utmanande, erfarenhetsmässigt så innebar en utmanande klädsel att Cecilia riskerade att få närgångna killar efter sig. Hon var inte humör på att bli uppraggad, men samtidigt så ville hon känna sig fin. "Äh vad fan, skit i de jobbiga killarna". Klubben låg bara några hundra meter bort. Redan ute på gatan hörde Cecilia musiken pumpas ut, "lovande". Utestället bestod av två våningar, nedersta våningen hade två barer, bord och stolar samt ett litet dansgolv, själva övervåningen bestod nästan enbart av ett enda stort dansgolv. Cecilia gick upp till övervåningen. Hon såg ett stort tjejgäng dansa i mitten på dansgolvet, hon sökte sig dit och hoppade in bland de svettiga kropparna. Cecilia kände inte igen musiken men njöt av att känna musikens takt pulsera genom kroppen. Det var som att hon gick in i en bubbla där hon bara var i dansen. Det var mörkt och varmt på dansgolvet, hon började snabbt att svettas men lät inte det stoppa henne. Hon gick och hämtade vatten upprepade gånger för att orka. Hennes bubbla bröts av att en kille kom fram och dansade upp bakom henne, han tryckte sitt kön mot hennes rumpa och viskade något på franska. Cecilia började dansa ifrån honom men kände då en hand på sin rumpa, hon vände sig om och slog bort handen.

— Vad fan gör du jävla idiot, sa Cecilia på svenska

Killen svarade något som Cecilia inte riktigt kunde höra, det enda hon uppfattade var att det franska ordet för fitta fanns någonstans i meningen. Hon blev förbannad och gick till baren. "Jävla idiot, varför i helvete ska han taffsa på mig", tänkte Cecilia. Till höger såg hon att en tjej som såg ut att vara ungefär trettio år sneglade på henne, Cecilia hade sett att tjejen hade sneglat på henne i smyg varje gång hon hade varit vid baren. Cecilia tittade tillbaka på tjejen som då slog ned blicken och rodnade. "Hon kan nog ge mig precis vad jag behöver ikväll". Cecilia gick fram till tjejen som blev ännu rödare om kinderna.

– Hej, sa Cecilia på engelska
– Hej, mumlade tjejen tillbaka
– Jag heter Cecilia, vad heter du
– Amelie
– Skulle du vilja gå iväg och prata lite
– Det vore trevligt, stammad Amelie

Cecilia tog henne i handen och ledde henne till ett avskilt bord på nedervåningen. Konversationen blev väldigt haltande, Amelie var både blyg och dålig på engelska. Cecilia frågade en fråga och Amelie svarade med ett kort svar, Cecilia ställde en ny fråga och fick återigen ett kortfattat svar.

– Du, det går inte så bra med vårt samtal, sa Cecilia
– Förlåt
– Det är ingen fara, men jag orkar inte stå och låtsas för länge det är bara det
– Det var inte meningen att ta din tid
– Sluta be om ursäkt. Jag tycker att du är attraktiv, tycker du att jag är attraktiv

Amelie rodnade ännu mer.

– Ja, det tycker jag
– Bra. Jag bor på ett hotell här i närheten, jag vill gärna sova med dig i natt, vill du sova med mig
– Ja
– Bra, då går vi

Cecilia tog Amelie åter i handen och ledde henne ut från nattklubben. Cecilia försökte hålla igång ett samtal under promenaden tillbaka till hotellet men deras konversation var ännu knaggligare än på nattklubben. När de kom upp på hotellrummet så kysste Cecilia Amelie på munnen, hon svarade med att svagt kyssa tillbaka. När Cecilia sedan började ta av kläderna sa Amelie

–   Vänta, jag har aldrig legat med en tjej
–   Okey, vill du ha sex ändå eller känns det för pressande
–   Jag vet inte ännu, men jag tänkte bara att du ville veta det
–   Det gör inget

Cecilia saktade ned tempot, klädde först av Amelie, sedan sig själv. När de sedan låg nakna i sängen så verkade Amelie nervös.

–   Förlåt, förlåt
–   Ta det lugn, det händer alla, vi väntar bara lite så löser det sig

Cecilia var väldigt varsam och de älskade länge. När de var klara så somnade Cecilia snabbt medan Amelie låg vaken i flera timmar.

När Cecilia vaknade upp nästa morgon så såg hon att Amelie redan var vaken.

–   God morgon, sa Cecilia
–   God morgon
–   Tack för igår, det var trevligt

Amelie rodnade återigen. De gick ner till frukosten. Samtalet blev om möjligt ännu mer haltande än tidigare, tillslut tröttnade Cecilia och tog fram en bok. När de hade ätit klart frukosten så sa Cecilia.

–   Det var trevligt att träffa dig men nu har jag lite saker att fixa med
–   Det var trevligt att träffa dig med
–   De kramade om varandra och sedan började Cecilia gå upp mot rummet.
–   Vänta, kan jag inte få träffa dig igen

– Du kan komma förbi mitt hotellrum ikväll klockan nio, knacka på dörren så är jag där
– Det ska jag göra

Cecilia vände sig om och gick upp till rummet. Efter en dag fylld med stadspromenad, mat och läsning så närmade sig klockan nio. Klockan kvart i nio knackade det på Cecilias dörr. Hon gick och öppnade. Där stod Amelie med en bukett rosor.

– Hej, de är till dig
– Hej, kom in

Cecilia tyckte det var härligt av att vara den som fick styra. Det fanns något fascinerande i att ge en annan människa dess första sexuella upplevelser. Hon sa till Amelie vad hon skulle göra och hur hon skulle göra det.

Dagen efter kom Amelie förbi igen. När de låg svettiga i sängen efteråt sa Cecilia.

– Jag åker vidare imorgon
– Jag kommer att sakna dig
– Jag kommer att sakna dig med, vi har haft det trevligt

Amelie följde med till tågstationen, hon hade tårar i ögonen när hon vinkade av tåget.

På tågperrongen i Barcelona stod Moa och väntade. När hon fick se Cecilia så vinkade hon glatt.

– Hej mamma, vad roligt att se dig
– Detsamma min älskade dotter
– De kramades och sedan sa Moa
– Du måste berätta allt om resan

Cecilia valde trots sin dotters uppmaning att lämna ute många delar av tågluffen.

Kapitel 36
Tisdag 15:e september

Även om den värsta uppståndelsen efter Joakims plötsliga död hade lagt sig så var Anita fortfarande ett hett villebråd för journalister. Papparazzifotografer hade följt efter henne och hon hade blivit erbjuden stora pengar för att ställa upp på en intervju. Men Anita hade valt att bott på ett hotell och knappt visat sig utomhus. Därför blev Stefan extra förvånad när han en dag såg hennes namn i mobilskärmen

– Men hej, vad oväntat att du ringer
– Ja, blir nästan lite förvånad själv. Jag ringer till dig för att jag tycker att det är så jobbigt att Joakim framställs som ett monster hela tiden, han var faktiskt en fin människa också. Jag skulle vilja göra en intervju och jag vill att du gör den. Men jag har några krav

De träffades några timmar senare på Anitas hotellrum.
– Jag vill spela in intervjun och sända den på nätet. Sedan jag vill inte att intervjun går i någon av medierna som smutskastat Joakim. Förutom det vill jag att du är den enda journalist som är inblandad och att intervjun får stor spridning. Dessutom vill jag att vi gör två intervjuer, en på svenska och en på engelska. Videorna ska släppas samtidigt
– Det låter som att du har tänkt igenom det här
– Det har jag. Jag vill göra den här intervjun för Joakims skull. Efter det hoppas jag att jag kan börja lägga det här bakom mig. Det kommer alltid att förfölja mig men jag måste gå vidare på något sätt
– Jag förstår. Allt du säger låter rimligt, mitt enda motkrav är att jag måste känna att jag ska få vara journalist under intervjun. Jag vill inte bara sitta med och låta dig berätta

din version utan kritiska frågor. Om intervjun ska handla om Joakim måste jag ställa jobbiga frågor som jag vill att du besvarar

- Jag förstår det, det är därför jag väljer dig, jag tror att du kan ställa frågor om Joakim utan att framställa honom som ett monster

Efter en lång diskussion kom de tillslut fram till ett upplägg som båda var nöjda med. Stefan skulle komma till Anitas hotellrum nästa morgon och sedan skulle de köra tills Stefan tyckte att han hade fått nog.

Stefan hade blivit fotograferad både när han gick in och ut från hotellet, när han sedan kom tillbaka dagen efter det var spekulationerna igång. Skulle Anita ge en intervju? Visste Stefan något mer som han ännu inte berättat om? Vissa skvallertidningar gick till och med så långt att de antydde en eventuell kärleksaffär.

Själva intervjun genomfördes under två dagar. Första dagen på svenska, andra på engelska. Stefan hade nästan bara gjort tidningsintervjuer tidigare, när han skulle anpassa frågorna till TV så visste han inte riktigt hur han skulle göra, slutresultatet liknande därför mer ett långt samtal än en vanlig tv-intervju. Han var inte heller van att klippa film så det tog mer än två veckor före han blev klar. Under tiden som han klippte filmen så började TV-kanaler och dagstidningar höra av sig till honom. Dels frågade de om han hade fått intervjua henne, dels erbjöd de honom pengar för en eventuell intervju. Men Stefan och Anita hade bestämt att intervjuerna skulle sändas på en hemsida. Den engelska och den svenska versionen skulle sändas samtidigt för att få maximal spridning. Efter att de sänts klart skulle en kort och en lång version på vartdera språket finnas för nedladdning. Tre dagar före intervjun skulle sändas gick de ut med ett gemensamt pressmeddelande, sedan stängde de av mobiltelefonerna och svarade inte på mail.

Kapitel 37
Tisdag 22:e september

Det var dags för sändning, Stefan satt med Lisa och Cecilia i soffan och tittade.

– Hej Anita, tack för att du ställt upp på en intervju

– Hej Stefan, jag är glad att du ville göra intervjun med mig

Att Stefan inte var van vid att göra TV-intervjuer gjorde att samtalet blev mer intimt än i en vanlig intervju. Anita började berätta om hur hon och Joakim träffades. Hon hade varit blivit intresserad av honom, för att fånga hans intresse hade hon supit ned honom och fått honom i säng. Anita skrattade när hon berättade om deras första uppvaknande ihop. Hon berättade sedan vidare om deras försök att få barn, att de hade försökt länge men att de aldrig hade haft glädjen att se ett positivt graviditetstest. När hon sedan kom in de två morden brast det för henne, Stefan fick trösta henne länge förrän hon kunde fortsätta.

– Jag borde sett det komma, han hade blivit så förändrad sista åren, han hade perioder när han var uppe i det blå och kunde göra allting, men han hade även perioder när han var nere i de djupaste dalar. När han var nere fick han dessutom vanföreställningar. Jag försökte få honom att söka hjälp men han vägrade, han sa att han inte var något jävla psykfall

– Ojdå, det här var något helt nytt, det låter som att han hade allvarliga psykiska problem

– Det hade han har jag förstått i efterhand, men ingen visste om det, han lyckades dölja det för alla utom mig. Jag var dum nog att hålla uppe fasaden utåt

– Hur känns det

– Det känns förjävligt, om jag hade förmått honom att söka vård hade det här kanske aldrig hänt

- Det låter som att du anklagar dig själv
- Det gör jag, varje morgon när jag vaknar förbannar jag mig själv för att jag inte gjorde mer

Anita berättade vidare att Joakim hade haft problem sedan de träffades. Han varvade perioder av nedstämdhet med energifyllda perioder. Till en början hade det inte varig något problem, men med tiden så hade perioderna blivit längre och kraftigare. Anita var noga med att trycka på hur bra livet hade varit när Joakim mådde bra, men det hade också varit hemskt när han hade varit sämre.

- Men han var aldrig våldsam före polisen knackade på. Det var som att något brast för honom då, jag har aldrig sett honom på det sättet, det var som att han inte var där i ögonen
- Kan du berätta mer om hur den sista dagen var

Anita satt tyst länge.

- Det var en hemsk dag. Efter att han hade skjutit genom ytterdörren så tvingade han mig att sitta helt still i soffan. Han band fast mig. Jag bad honom att ge upp, att det skulle lösa sig men han lyssnade inte. Jag fick gå fram till rutan några gånger och titta hur det såg ut utanför. Tillslut lyckades jag få honom att förstå att han inte skulle få igenom sina krav. Jag trodde att han skulle ge upp men jag hade fel. Han började hämta upp bensindunkar som han hade i källaren. Han hällde ut bensin över golven och kastade på väggarna. Det som räddade mig var att han inte hade koll på mig när han gjorde det. Jag hade lyckats lossa på repen. När han sedan stod med tändsticksasken så insåg jag att jag inte hade något val, jag ställde mig upp och sprang mot utgången, han fick tag i min hand och höll fast mig. Jag såg ren galenskap i hans ögon när han tände tändstickan. Jag fick lös ena armen, fick tag på en ljusstake, sedan slog jag allt vad jag kunde mot hans ansikte, han föll ihop och tappade tändstickan. Jag sprang mot utgången och tittade aldrig tillbaka. I efterhand inser jag hur tur jag hade som överlevde. Men ibland undrar jag om det inte hade varit bättre om jag fått dö med den man jag älskade

Anita bröt ut i gråt. Hon satt där och grät i över en minut utan att något annat hände. De fortsatte intervjun och Anita berättade hur hemskt det var att leva vidare när ens livskamrat har gått bort. Men hon var tvungen att gå vidare, det var därför hon hade gjort intervjun, hon vill ge en sannare bild av Joakim. Sedan skulle hon försöka börja ett nytt liv, hur hemskt allting än var.

– Men jag har bestämt en sak. Det har framkommit att Joakim tjänade över tre miljoner kronor på aktieaffärer kring morden. Eftersom vi var gifta så har jag ärvt de pengarna. Det känn fel att jag ska ha de pengarna, de är inte mina, de är blodspengar. Därför har jag valt att starta en fond som stödja forskning kring psykisk sjukdom, alla pengar jag ärvde efter Joakim ska gå dit. Ingen mer ska behöva gå igenom det jag tvingats genomgå. Om jag kan få en person mer att våga söka vård är jag nöjd. För psykisk sjukdom är just en vad det låter som, det är en sjukdom, det är inget mer fel på den personen än vad det är hos någon som fått en hjärtinfarkt, men skammen för att klassas som psykiskt sjuka gör att människor inte söker vård. Jag vet vilket helvete det kan vara för både de sjuka och deras anhöriga. Förhoppningsvis kan de här pengarna hjälpa till så att något annat par kan slippa det helvete som vi gick igenom

– Tack för intervjun

– Tack   själv

Kapitel 38

Torsdag 24:e september

"Det stämmer för bra, det är orimligt att allt passar så bra in", tänkte Lisa när hon satt i läsfåtöljen. Lisa hade gått igenom alla uppgifter som fanns på USB-minnet fler gånger men kunde inte hitta något fel i det som fanns där. Hon hade till och med kontrollräknat sina tidigare uträkningar. Vid frukosten sa hon till Stefan

– Jag får känslan av att det saknas någon pusselbit, känner inte du det

– Menar du att de högt uppsatta i Minerva kom undan

– Nej det är inte det. Varför gav källan så spretig information, utvalda mail och bankuppgifter? Varför fick vi inte alla mail och uppgifter? Det känns fel

– Jag har ofta den känslan som journalist, man kommer aldrig till botten med något, det går alltid att gräva djupare. Men nu har vi trots allt avslöjat både en dubbelmördare och ett genomkorrupt företag. Troligen ville källan inte avslöja sig själv och gav därför bara viss information

– Det låter rimligt. Men den där känslan finns där trots allt

Taxibilen tutade, Lisa skulle flyga till Aten för ett inofficiellt besök. Grekland skulle diskutera statsskuldsavskrivning med de andra EU-länderna. Tonläget hade länge varit hårt mellan Grekland som förespråkade skuldavskrivningar och Tyskland som ansåg att alla skulder skulle betalas. Men om Grekland föll fanns det en stor risk för en dominoeffekt som skulle putta ner hela västvärlden i ännu en lågkonjunktur. Utöver det utsattes Tyskland för hårda påtryckningar från USA:s president Barack Obama. Obama hade påmint Merkel om att både Tyskland och Frankrike hade fått stora delar av sina skulder avskrivna efter andra världskriget. Utan de avskrivningarna skulle Tyskland knappast ha rest sig till en kraftig industrination. Tillslut hade även om Tysklands regering hade insett att skuldavskrivning var den bästa vägen, annars skulle både Grekland och Euron hotas. Men problemet var att Tyskland och andra EU-länder hade haft så hård ton att de inte kunde gå ut och medge att de hade fel. Därför fick det bli lägre tjänstemän som träffades för att diskutera fram skuldavskrivningar på ett så pass byråkratiskt krångligt språk att Merkel inte skulle tappa anseendet. "Sådan är politiken", tänkte Lisa när hon satt i taxin ut till flygplatsen.

Mötet var förvånansvärt produktivt viket gladde Lisa. Förhandlingarna skedde bakom lykta dörrar vilket gjorde att de slapp hålla uppe en fasad utåt. Alla var överens om vad som skulle ske men nu slapp de tomma artighetsfraser och kunde bara koncentrera sig på skuldavskrivningarna. Man kom tidigt överens om att åttio procent av skulderna skulle avskrivas. Avskrivningarna skulle kallas skuldjusteringar och spridas ut över tio års tid. Även om avtalet i praktiken innebar en åttioprocentig skuldavskrivning så såg det på ytan ut som ändrade räntesatser och uppdelningar av återbetalningstider. Utåt sett skulle det kallas en kompromiss. Det skulle krävas långt arbete av en journalist för att verkligen se att det var en skuldavskrivning. Om någon journalist verkligen var beredd att gå igenom alla papper så skulle det vara ett så pass invecklat avslöjande att det inte skulle bli någon stor spridning.

Lisa hade bokat flyg först dagen efter så hon skulle hinna med en kväll med Sofia. Sofia kom i en liten svart bil och plockade upp Lisa.
— Ursäkta att det tog tid, folk kör som galningar
— Ingen fara
— Nu ska jag visa dig min favoritrestaurang
Lisa höll i sig hårt under bilfärden. Hon kunde hålla med om att många bilförare körde vårdslöst men den enda hon tyckte

körde som en galning var Sofia. Sofia bytte fil utan att blinka, tutade sig förbi bilar, slirade när hon svängde i alldeles för hög fart. Dessutom så svor hon dessutom konstant åt de andra bilförarnas bristande körförmåga. När de kom fram till restaurangen svettades Lisa kraftigt.

– Visst sa jag åt dig att folk körde som galningar

När de gick in i den lilla lokalen så hälsade Sofia familjärt på alla anställda i restaurangen. De fick ett bord som vette ut mot den lilla innergården.

– Vad ska vi beställa, frågade Lisa

– Det har jag redan ordnat, i dag ska du få äta en Grekisk festmåltid

Servitörerna kom in fat fyllda av köttbitar, oliver, olika brödsorter, olivolja, tomater, fisk, tzatsiki. Det var ljuvligt gott. Lisa var uppfostrad på klassiskt norrländskt sätt, man åt upp all mat man blev serverad, inget fick lämnas kvar. Men även om hon ansträngde sig till det yttersta så fick hon se sig besegrad av maten.

– Vet du att historien med Joakim och Minerva blev stor även här i Grekland, det visades upp nästan varje dag i kvällsnyheterna

– Jaså, det blev så stort. Stefan gjorde ett bra avslöjande

– Fast jag tror att han har fått god hjälp av någon

– Det kan hända, sa Lisa och log

– Jag får intrycket av att siffrorna jag gav dig i våras hade något med det här att göra

– Så är det. Tack för hjälpen, de fick oss på rätt spår

– Ingen orsak. Vill du verkligen tacka mig får du säga till före nästa affärsman blir mördad så jag kan göra mig en hacka på börsen, sa Sofia och skrattade åt sin skämt

Det började klicka till i Lisas huvud.

– Kan du upprepa det du sa om känd affärsman

– Om du säger till mig före nästa ända affärsman blir mördad kan jag tjäna pengar på det

- Där sa du det. Äntligen kom jag på det jag har tänkt på de sista dagarna. Du är genialisk

Sofia förstod inte vad hon hade sagt som var genialiskt men sa inte emot.

- Jag behöver hjälp med en till sak av dig

Lisa började skriva på en servett.

- Jag skulle behöva lite mer information om några andra saker

Efter att ha skrivit klart så sköt hon över servetten till Sofia.

- Kan du kolla upp det här så gör du mig en stor tjänst
- Jag fixar det
- Men ikväll glömmer vi det där, ikväll ska vi bara ha roligt

Kapitel 39
Tisdag 29:e september

Lisa, Stefan och Cecilia var på bokcafé Pilgatan och åt lunch. Det var en av de få restauranger där Stefan fortfarande kunde luncha på utan att folk stirrade. Förvisso kände de flesta på bokcaféet igen honom men det hade de gjort även före all uppståndelse under sommaren. Umeå var så pass litet att de flesta inom den bokintresserade kulturkretsen kände varandra. Alla tre kände ägarna väl och dessutom bodde de bara några kvarter bort. Det hade varit deras stamhak sedan det öppnade.

– Jag hade rätt om den där känslan, sa Lisa

– Du brukar ofta tycka att du har rätt min skatt, när var senaste gången du erkände att du hade fel, frågade Stefan

– Jag vet, jag har lite problem med att erkänna att jag har fel. Men nu hade jag inte fel, känslan var rätt.

– Vad var det du hade rätt i, frågade Cecilia

– Jag hade en känsla av att det var något som fattades, något som kändes fel med allting kring Joakim. Men jag kunde inte komma på vad det var, men när jag träffade Sofia sa hon något som fick bitarna att falla på plats. Jag bad Sofia kolla upp optionsaffärerna i HESU och KJ välfärd två månader före morden på dem. Sofia har tillgång till ett datorprogram som övervakar alla Europas börser för att se misstänkta aktieköp och aktieförsäljningar. Tanken är att man ska kunna hindra olaglig kursmanipulation. Programmet hittar avvikande mönster i försäljning

– Jag hänger inte helt med, kan du inte bara förklara vad hon hittat, sa Cecilia

– Jag ska förklara snart men ni måste förstå bakgrunden. Datorprogrammet hittade egentligen inte något konstigt med aktiehandeln inom deras företag. Men Sofia gav mig en ett utdrag på all options- och derivathandel i företagen, där hittade jag något mycket intressant. Det har under tre månader före personernas död genomfört småskalig spekulation från ett konto i en Schweizisk bank. Nästan dagligen sista månaden före morden har det spekulerats mot en kommande kursnedgång, men ingen spekulation hade skett sista fem dagarna före vardera mordet. När sedan Hilding och Kajsa blev mördade såldes alla optioner under några dagar. Förenklat har någon person sista månaden före respektive mord satsat pengar på att kurserna plötsligt ska dyka, personen har sedan tjänat ungefär trettio miljoner när kurserna gått ner. Personen har varit klok nog att inte köpa något sista dagarna före morden för att på så sätt undgå misstanke. I USB-minnet fick vi bara uppgifter som visade tre dygn före respektive mord, därför har vi inte heller upptäckt det här tidigare

– Menar du alltså att någon annan kände till att morden skulle ske, sa Stefan

– Det menar jag, dessutom verkar den här personen vetat när morden skulle ske. Jag vill inte gå för djupt in på det här utan vi tar det hemma senare

När de satt ner vid köksbordet började Lisa förklara.

– Det finns många olika derivatinstrument, det handlar egentligen om att satsa pengar på att värdesaker såsom aktier, råvaror eller annat skall gå upp eller ner i framtiden. Det speciella med dem med dem är att det är en hävstång inbyggd, det vill säga du tjänar eller förlorar mycket mer än vad du skulle gjort annars. Det blir som att köpa aktier fast med väldigt mycket högre risk. Den personen som ägde det här kontot handlade med en relativt enkel produkt, option. Personen har spelat allt på att aktierna i KJ Välfärd och HESU skulle gå ned kraftigt, om kurserna inte hade gått ned hade personen förlorat allt, men eftersom att kurserna störtdök när de mördades så tjänade personen väldigt mycket pengar

Lisa fortsatte.

– Till en början tänkte jag att det kunde var en slump, det sker trots allt miljontals aktieaffärer i Europa dagligen, någon person kunde då råkat haft tur och prickat in kursnedgångarna perfekt. Men jag pratade länge med Sofia igår, vi jämförde köpmönster inom liknande företag och jämförde sedan med historiska data för företagen. Sedan undersökte vi alla andra aktieköp från bankkontot. När vi sedan lät datorn räkna ut möjligheten att samma person slumpartat skulle göra dessa två investeringar var det ungefär en chans på tio miljarder. Så antingen så kände personen med bankkontot till morden eller så är det världens mest tursamma person

– Det här förändrar ju allt. Joakim måste haft en medhjälpare som ingen känner till

De satte sig återigen ner i biblioteket för att hitta en mördare, samma två personer var offer, men nu var det en ny mördare som de sökte.

– Som jag förstått det så var Joakim en så tydlig gärningsman att man snabbt löste fallet. Polisen har aldrig gått ut med några misstankar om någon medhjälpare och troligen har de därför aldrig letat efter någon. Därför vill jag inte att vi blandar in polisen i det hela ännu. Om polisen plötsligt börjar göra eftersökningar blir nog medhjälparen misstänksam och sopar igen sina spår. Just nu finns det inget som tyder på att någon är medhjälparen på spåren och så ska hen gärna få tänka ett tag till, sa Lisa

– Det låter rimligt, men hur ska vi gå vidare

– Det bästa vore om vi kunde få tillgång till Joakims personliga saker. Eftersom morden löstes så snabbt borde Anita ha fått tillbaka de flesta sakerna. Det bästa är om vi kan kolla igenom hans personliga dator, mobiltelefon, möteskalender. Han kanske till och med skrev dagbok

– Om jag pratar med Anita kan jag säkert få tillgång till det, jag tror att hon kan hålla tyst om jag ber henne. Hon om

någon kommer ju vilja att en eventuell medhjälpare fångas in
- Jag vill egentligen inte att någon mer ska få veta misstankarna, men hon är samtidigt den enda person som kan hjälpa oss att få fram uppgifterna. Prata med henne men gör det hela diskret

Kapitel 40
Onsdag 30:e september

Stefan knackade på Anitas dörr några minuter före den överenskomna tiden. Hon hade flyttat ut till sin sommarstuga i Sörmjöle som låg vid kusten någon mil söder om Umeå. Huset låg avskilt vilket passade henne väl då hon ville bort från nyfikna blickar.

– Välkommen in
– Tack för att jag fick komma förbi
– Ingen fara, vad var det du ville prata om
– Det har att göra med Joakim som jag sa i telefonen, jag har hittat några saker som förbryllar mig. Jag misstänker att någon mer kan han känt till morden

Anita blev häpen och såg rädd ut.

– Men vad säger du, menar du att någon till kan ha känt till det här
– Jag vet inte, men det finns uppgifter i mitt material som tyder på det
– I ditt material, trodde du redan hade gått igenom det noggrant
– Det är egentligen inte i materialet, det fanns ledtrådar i det som jag har kollat upp. Någon till person verkar ha tjänat stora pengar på optionsaktiehandel i HESU och KJ Välfärd i samband med morden
– Men vad är det du säger, kom in i köket så får du berätta mer över en kopp kaffe

"Hon är härdad, hon verkar ta det förvånansvärt bra, det är orättvist vad vissa människor ska behöva gå igenom". Han förklarade övergripande vad han hittat. Anita tyckte att det var svårt att förstå exakt vad Stefan hittat så han fick förklara utförligt.

– Det är bara du som vet om det här alltså

- Det är bara jag, eller egentligen jag och två personer som jag arbetat med kring hela den här affären
- Så det är två personer till som vet om det. Är du säker på att det inte är någon mer. Ni har inte kontaktat polisen
- De går att lita på, du behöver inte oroa dig, det är Lisa och Cecilia, min sambo och en av mina närmsta vänner. Eftersom medhjälparen inte vet att vi är hen på spåren så har vi inte planerat att kontakta polisen förrän vi kommit längre

Stefan förklarade att han behövde få tillgång till Joakims personliga saker.

- Jag ska hjälpa dig, men många av sakerna har jag lagt tillbaka på hans kontor, mobiltelefonen och datorn tillhörde egentligen företaget, det kändes obehagligt att ha dem här hemma som en påminnelse
- Vad bra
- Jag är glad om jag kan hjälpa till. Jag tänkte åka in till stan snart och göra några ärenden, då kan jag passa på att åka förbi kontoret och hämta sakerna på Joakims kontor, sedan kan jag plocka ihop resten av sakerna här hemma
- Vore perfekt, dessutom är det viktigt att du inte berättar det för någon. Vi vill hitta fler uppgifter före vi går till polisen
- Jag ska inte berätta för någon. Men det är jobbigt att höra. Jag trodde att det här äntligen var över

De bestämde att Stefan skulle komma förbi på kvällen runt nio och hämta sakerna. "Nu är vi medhjälparen på spåren", tänkte Stefan när han körde hemåt i bilen.

Senare samma eftermiddag så gick Anita in på kontoret. Desiree kom henne till mötes.

- Men hej Anita, hur går det?
- Det går bra, hur går det själv?

De tog varandra stelt i hand. Ingen av dem kunde riktigt hantera situationen. Desiree försökte att inte anklaga Anita

174

för mordet på Hilding, men det var svårt att vara trevlig mot den vars man hade dödat ens egen man.

- Ursäkta att jag kommer förbi, jag skulle bara behöva hämta några av Joakims saker, skulle behöva titta igenom dem igen, det är lite uppgifter i datorn och mobiltelefonen som jag behöver kolla upp igen
- Absolut får du hämta de sakerna, men det passar lite dåligt just nu, det är styrelsemöte just nu
- Just ja styrelsemötena brukar vara torsdagseftermiddagar, går det bra om jag går in på Joakims gamla kontor och hämtar lite saker bara
- Okey, men snabba dig

Anita gick mot Joakims gamla kontor. På vägen till kontoret passerade hon utanför den öppna dörren in till styrelsemötet.

- Ska bara förbi Joakims kontor och hämta några saker, trevligt att se er

Både Harald och Novalie tittade länge när hon gick in på kontoret. Efter ungefär fem minuter så gick hon ut från kontoret med dator, mobiltelefon och en hög med papper i famnen.

- Var ska du med de där sakerna, frågade Harald när hon passerade
- Ska bara kolla lite saker som jag glömde kolla tidigare

När Anita kollade över axeln såg hon att Novalie följde henne med en lång blick.

Kapitel 41
Onsdag 30:e september

Stefan körde alldeles för fort på E4:an söderut från Umeå. Han var sen till Anita, klockan var redan halv tio. Han, Lisa och Annika hade jobbat sedan han kom hem med att söka ledtrådar efter medhjälparen. Lisa hade hittat några misstänkta transaktioner, hon hade försökt förklara för Annika och Stefan utan resultat. De hade alla tre enats om att Lisa var bättre på siffor och att de trodde på henne om hon sa att transaktionerna var misstänkta. Stefan hade messat Anita och bett om ursäkt för att han var sen, hon hade svarat att det inte gjorde något. Han hatade att vara sen till jobbsaker, det gav ett oprofessionellt intryck. "Men jag har nog gjort ett bra intryck på henne i övrigt", försökte han intala sig själv. Fem minuter senare svängde han in mot Stöcksjö. Det hade regnat tidigare under dagen så sista biten av vägen var lerig. Vägen gick parallellt med havet och det var en fin utsikt. "Man kanske skulle bo vid vattnet ändå". Ända sedan han var liten hade han varit kluven mellan två olika fantasiplatser, han ville gärna bo centralt för att kunna gå och cykla till arbete och skola, men han ville också bo nära natur och vatten. Det var en omöjlig ekvation. Varje gång han verkligen funderade på att flytta så kom han fram till att han egentligen bodde precis på det sätt han ville. Trots det satte fantasierna om ett hus vid vattnet igång varje gång han såg en fin vy över havet.

När han svängde upp på infarten till det lilla gula huset såg han på Anita att något var fel. Direkt han stannat bilen kom Anita springandes mot honom.

– Hjälp mig
– Vad har hänt
– Jag har nyss haft inbrott i bilen. Det gick så snabbt, jag är så rädd. Tack för att du är här
– Ta det lugnt och berätta från början.

– Det körde härifrån för någon minut sedan, du måste ha
mött bilen med tjuvarna

Stefan försökte att tänka tillbaka på bilfärden, han hade varit
i andra tankar, men trodde att han mött tre bilar den sista
kilometern.

– Vad väntar du på, vi hoppar in i bilen

Anita såg förvånad på honom.

– Kom igen

Stefan körde så snabbt han vågade på de smala grusvägarna.

– Säg vilken väg vi ska ta
– Jag vet inte
– Vilken väg skulle du ta om du ville fly härifrån
– Jag skulle först ta vägen som går parallellt med E4:an och
sedan svänga ut på den vid macken. Börja med att ta
vänster här

Anita guidade Stefan in på en liten grusväg. När de kom på
en lång raksträcka såg de en bil långt borta svänga runt hörnet.
Bilen som hade svängt var mörk och låg nästan en kilometer
framför dem. Stefan gasade på och frågade.

– Hann du se vilken färg bilen var, sa Stefan
– Jag tror bilen var mörk

Stefan ökade farten. Sedan såg han de han absolut inte ville
se. En annan bil svängde ut från en sommarstugetomt och la
sig mitt i vägen framför dem. Stefan var tvungen att kraftigt
bromsa in för att inte köra på den. Vägen var för smal för att
köra om på. Han började tuta och blinka men bilföraren
framför ändrade inte hastighet utan puttrade på i sin takt mitt
i vägen.

– Fan, bilen kommer undan
– Nu när jag tänker efter så tycker jag att jag känner igen
bilen där framme, försök komma förbi på något sätt

När de kom till ett avsnitt där vägen var bredare så körde
Stefan om, men det var för sent, bilen de jagade hade sedan
länge försvunnit. I framsätet på bilen de körde om satt en

äldre man med båda händerna på ratten, bredvid honom satt en äldre kvinna och höll sin handväska i famnen.

De fick åka tillbaka till stugan. När de kom in på gården igen så såg Stefan att bakre bilrutan var sönderslagen.

– Vad tog de
– Alla Joakims saker, jag hade lagt dem i en låda i baksätet för att kunna ge dem till dig. Hade låst bilen så jag hade inte en tanke på att någon skulle vilja ta dem från mig
– Så allt är borta
– Tyvärr verkar det så

"Varför var jag sen just idag, nu kanske allt är kört".

– Men hur mår du, är du skadad
– Jag är inte skadad, var skärrad men nu när du är här känns det bättre

Anita tog Stefans arm och lutade sig mot honom.

– Tack för att du kom
– Jag är bara arg på mig själv att jag inte kom tidigare. Då hade inget av det här hänt.
– Du ska inte klandra dig själv, tänk om du hade kommit just när rånaren slog sönder rutan, då hade de kanske misshandlat dig. Eller till och med mördat dig. Usch, det var bra att du kom när du kom
– Kanske det. Du säger hela tiden "de", varför gör du det
– För att det var två stycken. En som slog sönder rutan och en som körde bilen.
– Kan du beskriva dem
– Tyvärr bara vagt. Hann inte se när personen slog sönder bilrutan utan satt vid köksbordet då, när jag kom fram till fönstret så såg jag en mörkklädd person med huva springa bort från min bil. Tror personen hade ett brännbollsträ i handen. I bilen satt en till mörkklädd person med huva. Vet inte ens om det var killar eller tjejer, så snabbt gick det
– Har du berättat för någon att du hade Joakims saker
– Nej det har jag inte

Anita tvekade.

- Fast när du frågar så råkade jag nog göra det. När jag var förbi Joakims kontor så var det styrelsemöte och jag var tvungen att gå förbi dörren med Joakims saker, alla i rummet såg ungefär vad jag hade hämtat. Dessutom berättade jag för Desireé att jag var på kontoret för att hämta Joakims saker för att kolla upp några uppgifter.
- Har du berättat för någon mer
- Bara berättat för Desiree, men jag är osäker på om någon annan kan ha hört vad vi sa

Kapitel 42
Onsdag 30:e september

Polisen dröjde över två timmar före de kom ut till stugan, ett inbrott i en bil var lågprioriterat. När polisbilen anlände så blev de förvånade, Anita hade bara presenterat sig med förnamn så de hade inte förstått vem som var anmälaren. Anita fick berätta vad som hänt och polisen gick runt på gården. De konstaterade ganska snabbt att det tyvärr inte fanns så mycket mer att göra om de varken hade registreringsnummer, signalementen eller något som kunde innehålla förövarens DNA. Det fanns spridda hjulspår i leran, men i de enda hjulspåren där man kunde läsa ut något märke stod det Nokia, vilket var samma märke som Anitas bil hade. Så det var inte ens säkert att det kom från förövarnas bil.

– Kan du göra upp en lista på de stulna föremålen
– Javisst. En relativt ny MacBook, en Iphone samt diverse papper som också låg i lådan
– Det finns tyvärr ett antal tjuvar som åker runt i sommarstugeområden och gör inbrott. Förmodligen fick de syn på datorn och mobiltelefonen och passade på även om ni var hemma

Stefan försökte övertala Anita att sova över hemma hos dem för att slippa vara själv men hon ville inte tränga sig på. De kom fram till kompromisslösningen att hon skulle låna gästrummet som fanns i källarvåningen under natten, sedan skulle hon ta in på hotell igen.

– Du får bo hur länge du vill i vår gästlägenhet
– Oroa dig inte, jag har råd att bo på hotell så länge jag behöver. Men jag skulle känna att jag trängde mig på om jag bodde hemma hos dig och din fru
– Jag skulle tycka det var trevligt om du bodde hos oss. Dessutom så ska min fru resa bort tidigt imorgon så du ska inte känna dig i vägen

Anita la sin hand på Stefans.

– När jag tänker efter, jag kanske sover över några dagar, känns som att jag behöver någon trygg person som tar hand om mig

Kapitel 43
Onsdag 30:e september

När Stefan svängde in på uppfarten så såg han att lampan lyste i biblioteket, "det är nog Lisa som sitter uppe och läser, hon är säkert orolig för mig". Stefan erbjöd återigen Anita att sova över uppe i lägenheten.

– Gästrummet i källaren blir jättebra tack

Stefan låste upp gästrummet, visade kokplattan och det lilla badrummet.

– Tack det blir jättebra, men nu tror jag att din fru saknar dig

Anita böjde sig fram och pussade Stefan på kinden, sedan stängde hon dörren. Stefan stod kvar några sekunder sedan vände han på klacken och gick kvickt upp till lägenheten.

– Hej älskling, jag är hemma nu, ingen är skadad så du behöver inte oroa dig

Lisa kom springandes.

– Jag var så orolig för dig

Hon gav honom en lång kyss.

– Jag förstod inte allt du sa när du ringde, berätta

Lisa blev mer och mer förfärad under tiden som Stefan berättade.

– Men du kunde ju blivit skadad, tänk om du kommit bara fem minuter tidigare, då hade de säkert misshandlat dig rejält

Stefan hade tidigare under kvällen insett att han hade kunnat råka illa ut, men det var först när Lisa sa det till honom som han verkligen förstod det. De var en mördares medhjälpare på spåren och det innebar verklig fara.

Morgonen efter så åkte Lisa iväg med en taxi som skulle ta henne till flyget, hon kysste Stefan som vinkade från fönstret. Några minuter senare knackade det på dörren.

– God morgon Anita, välkommen in

- Tack, jag tänkte komma förbi och se om du var uppe, jag hade ingen tanke på att köpa frukost igår
- Vi har plockat fram så det är bara att ta för sig
- Men vad trevligt, får jag träffa din fru
- Inte idag, hon har åkt bort
- Vad tråkigt, då antar jag att det bara blir du och jag

Stefan gick iväg och satte på mer kaffe. Han satte sig sedan ned mitt emot Anita. Samtalet blev lättsamt och de skrattade åt varandras skämt.

- Förlåt att jag säger det, men jag kom på att jag faktiskt inte haft sex sedan Joakim dog, jag har inte haft så långt uppehåll sedan jag gick gymnasiet, sa Anita plötsligt
- Jasså
- Det känns som en viktig bit som fattas, men vem vet, snart kanske möjligheten dyker upp

Stefan visste inte vad han skulle svara. Den långa tystnaden bröts av att Cecilia öppnade ytterdörren.

- God morgon

Cecilia stannade till när hon såg att det var Anita och inte Lisa som satt vid frukostbordet.

- Hej, jag heter Anita, trevligt att träffa dig. Jag sov över i gästrummet och sedan var Stefan så vänlig att han bjöd mig på frukost
- Jag heter Cecilia. Förlåt om jag bara stövlade in, jag har jobbat natt på akuten så jag tänkte gå och lägga mig för att sova
- Bor du också här, det visste jag inte
- Det trodde jag att jag berättade igår
- Det kanske du gjorde, jag kanske bara glömde det. Men nu tror jag faktiskt att jag måste gå, jag har mycket att fixa idag. Men trevligt att träffa dig Cecilia, och tack för frukosten Stefan

Anita tog en sista tugga av mackan och tog en klunk ur kaffekoppen före hon gick.

– Blev lite förvånad var beredd på att det skulle vara Lisa du åt frukost med
– Hon har flugit iväg till Stockholm över dagen, trodde att hon berättat det för dig
– Hon kanske glömde göra det, du vet ibland glömmer man berätta saker och ting, sa Cecilia med en retsam ton

Stefan svarade inte.

– Jag visste inte att du hade ett gott öga till Anita, hur länge har det pågått
– Det är inget som pågår, hon hade inbrott i sin bil igår och jag erbjöd henne sova över i gästlägenheten

Stefan berättade allt som hade hänt dagen före. Hur helt plötsligt alla de saker som kunde hjälpt dem i jakten på medhjälparen var borta.

– Tror du att det var medhjälparen som snodde sakerna
– Absolut, det vore orimligt att det slumpade sig så att det var någon annan som gjorde inbrott i bilen just igår. Fast egentligen ska vi säga medhjälparna, Anita såg två personer
– De måste vetat om att hon hade hämtat sakerna just den dagen
– Det tror jag med. De enda som visste om det var styrelsen i HESU samt Desiree
– Då har vi en liten grupp misstänkta i alla fall

De satt tysta och begrundade det Cecilia hade sagt.

– Du jag kom på en sak. Ska vi inte åka runt och titta på leriga bildäck

Stefan förstod inte vad hon menade.

– Jag tänkte om det var någon som körde bil på en lerig väg igår borde däcken rimligtvis fortfarande vara lite leriga eftersom det inte regnat

Han hopade upp från stolen, gav henne en kyss på munnen och tog sin jacka.

– Nu skyndar vi oss

– Men du får köra, jag sitter med och sover bredvid, du vet vissa jobbar istället för att ragga

De körde in till Desirees hus och tittade på företagsparkeringen.

– Du kollar vilka bilar som har leriga däck, men gör det diskret. Jag pratar med Desiree under tiden

Stefan gick och plingade på ytterdörren. Cecilia var tvungen att gå en bit in på gården för att få uppsikt över alla bilarna. Det var totalt tolv bilar som stod där, tre av dem hade lera på däcken och lerstänk på stänkskärmarna runt däcken. Cecilia skrev ned registreringsnumren samt färg på både de leriga samt de icke leriga bilarna.

– Gick det bra, frågade Stefan när han kom tillbaka

– Jag fick det jag ville ha, fick du det du ville ha

– Absolut, jag hade tänkt fråga henne bara för att avleda uppmärksamheten från dig. Men både hon och hennes barn gick med på att intervjuas. Det passar ju perfekt. Intervjun ligger några veckor bort då både Harald och Novalie skulle åka om varandra i affärsresor närmsta veckorna

Kapitel 44
Torsdag 1:a oktober

När de kom hem igen stupade Cecilia i säng. Stefan började gå igenom registreringsnumren som Cecilia hade skrivit upp. Alla tre bilarna som hade varit leriga var åt det mörka hållet, en var svart, en var mörkblå och en var mörkgrå. "Tror att all tre passar in i beskrivningen mörka igår kväll". Han började kolla upp ägarna till de tre bilarna.

När Cecilia gick upp ur sängen såg hon Stefan sitt försjunken över sin laptop.

– God morgon, sa Cecilia

Hon fick inget svar så hon gick fram och knackade Stefan på ryggen. Han ryckte till och slog ut en tom kaffekopp.

– Varför smyger du på mig sådär

– Jag hälsade men då fick jag inget svar

– Förlåt, vara bara så inne i mina saker. Jag har hittat några intressanta saker.

– Vad har du hittat

– Jag kollade upp vilka som ägde bilarna med leriga däck, en av bilarna stod på Desireé och de andra två stod på företaget

– Tror du att det är Desiree som gjort allting?

– Jag börjar luta åt det hållet. Hon har motivet i form av pengar, hon har efter arvet en majoritet av aktierna i bolaget. Men det behövs något mer, för pengarna hade hon tillgång till redan innan. Kanske hade de börjat prata om skilsmässa och hon ville inte överge den livsstil hon var van vid?

– Jag har svårt att tro att det var Desiree, hon verkade så ledsen och förstörd när Hilding hade dött. När jag gav dem dödsbeskedet så bröt Desiree ihop totalt, både Harald och Novalie tog det betydligt lugnare. Jag kom ihåg att jag reagerade på att de tog det så lugnt, det kändes fel på något sätt

Kapitel 45
Måndag 2:a november

Stefan hade förberett sig noggrannare än vad han någonsin tidigare hade gjort inför en intervju. Han hade gått igenom frågorna med Lisa och Cecilia under flera kvällar. De hade diskuterat fram och tillbaka vilka frågor han skulle använda, hur han skulle ställa dem. Målet var att frågorna skulle ge mer ledtrådar i vem som kunde vara medhjälparen, men samtidigt skulle frågorna vara så allmänna att ingen av de intervjuade fattade någon misstanke. Det var en svår balansgång.

- Du måste ställa frågan mer naturligt, försök igen, sa Cecilia
- Men fattar du hur svårt det är att ställa en fråga naturligt när man bara sitter och tänker på att det ska vara naturligt
- Försök igen

De hade kommit fram till att intervjun skulle fokusera dels på familjens fortsatta liv efter Hildings plötsliga död, dels på hur företaget skulle fortsätta ledas. Då kunde han både ställa frågor som dels gav mer klarhet i vem som tjänade mest ekonomiskt på att Hilding dött, dels kunde han få en allmän uppfattning kring om någon i familjen hade anledning att skada Hilding.

När Stefan kom hem visste han inte vad han skulle tro. Allting hade på ytan gått bra, men nu kände han sig ännu mer villrådig. Intervjun hade formellt sett gått bra, han skulle kunna göra en intressant och säljande artikel i lämpligt magasin. Det var inte det som var problemet.

När han kommit till huset hade Desireé, Novalie och Harald alla varit på plats. Stefan hade noterat att två par skor hade lera på undersidan. När de kallpratade före själva intervjun hade det kommit fram att båda Harald och Novalie spelade mycket golf.

- Det är det bästa sättet att fly undan tankarna, jag spelade varje kväll som jag kunde de två sista veckorna före banan stängde i Holmsund, sa Harald
- Jag med, banan i stängde i början på oktober så det gällde att passa på, sa Novalie

Dessutom så använde de ofta företagsbilarna samt Desireés bil för att åka till golfbanan. Det var en möjlig förklaring till leran på bilarnas däck. Intervjun fortsatte göra saker otydligare och otydligare. Först kom det fram till att de alla tre tydligt tjänade ekonomiskt på att Hilding hade dött, det var inget att hymla med. Men när Stefan frågade dem mer om pengar så visade det sig att de alla tre hade så det räckte och blev över. De hade med svensson-mått dyra vanor, men med tanke på sina inkomster och förmögenheter så levde de relativt billigt. Att någon av dem skulle dödat Hilding för pengarnas skull bedömde Stefan som osannolikt. Det framkom också att många andra i styrelsen hade tjänat stora pengar, Hilding hade valt att belöna några trogna medarbetare riklig. En sak som hade väckt Stefans intresse var hur de alla tre pratade runt ett ämne, de nämnde det aldrig rakt ut, men det var tydligt att de alla tre misstänkte att Hilding hade en älskarinna. De kanske till och med visste vem det var. Men sådant fick inte komma ut, familjens heder kunde skadas. "Det är i alla fall ett tydligt motiv för Desireé", tänkte Stefan. Bortsett från det verkade det vara en välfungerande familj. Stefan fick intrycket av att de alla älskat och beundrat Hilding. Han verkade varit en god far samt en god make, bortsett från den misstänkta otroheten. En annan sak som väckt Stefans intresse var när Desireé hade berättat om Hildings alkoholvanor.

- Han drack ju inte alkohol längre, vilket nog var bra, hade Desireé sagt
- Vad menar du med det
- Han kunde bli lite obehaglig när han var full, du vet hur män kan vara

- Hur då obehaglig
- Han var lite svår att ha att göra med, verkade som att han inte riktigt tänkte sig för

Stefan hade försökt fortsätta på det spåret men Novalie hade gått in på ett annat spår och tydligt visat att ämnet var färdigdiskuterat. När Stefan frågat Desireé om hur Hilding varit när han var yngre så hade det kommit det fram lite matnyttigt. Desireé hade berättat att Hilding varit "alldeles för busig" när han växte upp, sedan hade hon berättat att Hilding fram till sin död hade haft många fiender i Storuman. De hade inte släppt gammalt groll. För några år sedan hade Hilding blivit hotad till livet av en man från Storuman. Mannen hade ringt upp Hilding på fyllan och pratat om hämnd. Som tur var hade mannen supit till för mycket någon dag senare och hängt sig på sitt behandlingshem.

Den kvällen pratade de länge. Stefan och Cecilia tyckte att nu hade man gjort nog, de hade hittat mycket som tydde på att det fanns en medhjälpare och de hade dessutom börjat ringa in hen. Det hade varit klokt att inte blanda in polisen igen för att inte misstänkliggöra medhjälparen, men nu var läget ett annat. Om de inte gick till polisen så undanhöll de viktig information. Lisa tyckte, som tidigare, att gå till polisen skulle vara som att ge upp.
- Du är den klokaste jag någonsin träffat, det vet du, men du måste ibland inse att du inte alltid kan lista ut allting. Det är inget skamligt med att gå till polisen, vi har gjort ett mycket bra jobb, sa Stefan
- Men jag tror att vi har missat något, att vi snart kommer på vem medhjälparen är
- Fast det har du sagt länge nu, jag vill att vi kontaktar polisen
- Jag vill att vi fortsätter gräva, det där Desireé sa om att Hilding hade fiender i Storuman tror jag kan vara den sista

nyckeln, jag vill att vi fortsätter lite till utan att kontakta polisen

De tittade båda på Cecilia.

– Då tycker jag vi försöker kompromissa. Mitt förslag är att vi kör på november ut, men på morgonen den första december kontaktar vi polisen om vi inte kommit på det. Då har du fått din chans Lisa och du Stefan behöver inte känna stressen över att vi inte kontaktat polisen. Hur låter det?

Varken Lisa eller Stefan var helt nöjda med kompromissen, men båda insåg att den var rimlig och gick med på den.

Kapitel 46
November 2015

I kompromissen ingick det att Lisa bestämde över allt de skulle göra, hon var en hård arbetsledare. Stefan fick börja med att gå igenom intervjun med familjen Ederfors igen för att se om han kunde komma på något. Cecilia fick i uppdrag att göra vad Lisa kallade "sammanväxta sociala nätverk", det gick helt enkelt ut på att Cecilia kollade upp alla personer som på något sätt kände både Hilding och Kajsa. Efter mycket letande på Google, Facebook, Instagram, internetforum och artiklar så hade Cecilia hittat över trettio personer som kände både Hilding och Kajsa så pass bra att de troligen skulle stannat och pratat med varandra på stan.

Stefan fick i uppdrag att undersöka vem älskarinnan kan ha varit. Han gjorde sitt bästa men insåg snabbt att den som har en älskarinna döljer sina spår väl. Men när han gick igenom olika sociala medier och jämförde det Hilding hade skrivit med vad andra i styrelsen samt Desireé hade skrivit så fick han ihop ganska många datum där Hilding kunde varit med sin älskarinna. Han skrev ned datumen i en almanacka. Det var spridda datum och Stefan såg inget samband, "de passade väll på när det var läge".

Av de trettiotalet personer som Cecilia kom fram till ingick i det sammanväxta sociala nätverket så började hon gå igenom en efter en. Hon försökte först på olika sätt komma fram till om de ens kunde varit i Umeå de dagar morden skett. Cecilia var nöjd över att så många av personerna var öppna med sina liv på sociala medier.

Lisa, Stefan och Cecilia diskuterade länge och kom fram till att det rimliga var att medhjälparen varit sanningsenliga på sociala medier, att ljuga skulle bara innebära onödig misstanke. Fem av de trettio hade vid något av morden befunnit sig i en annan stad enligt deras Facebook, tre fanns på Instagrambilder från en konsert som krockade med det ena mordet, fyra hade twittrat om evenemang de varit på som var samtidigt som något av morden. Således var de arton kvar av de ursprungliga trettio. Några uteslöt de via sannolikhetsmodellen, det hade krävts ganska mycket pengar för att kunna genomföra optionsaffärerna, det gjorde att ytterligare några till i gruppen kunde uteslutas, utöver det var det några som var för gamla eller sjuka. Anita hade nästan dödats av Joakim och dessutom hade hon gett bort de pengar som Joakim tjänat på optionshandeln, så hon kunde också uteslutas. Det var då nio personer kvar som ingick som möjliga gärningsmän i det socialt sammanväxta nätverket.

Lisa gick igenom alla siffror hon hittat, hon dubbelkollade summor, jämförde kontoöverföringar, försökte se mönster både där det fanns och där det inte fann. Hon kunde räkna ut att medhjälparen hade satsat ungefär en miljon och fått tillbaka ungefär åtta. Eftersom morden var lösta och mördaren död så borde medhjälparen tro att det var fritt fram att spendera pengarna. Nästa steg blev att undersöka om någon av de nio hade gjort några större inköp eller bränt ovanligt mycket pengar på lyxkonsumtion. Lisa hade tillgång till register som lät dem gå igenom de nio personernas ekonomi. Fyra av dem hade gjort större inköp, men inget av inköpen var något som stack ut, en trebarnsfar köpte ett större hus tillsammans med sin fru, en annan man med god inkomst köpte en sportbil när han fyllde fyrtio, en kvinna som närmade sig pensionsåldern köpte en andelslägenhet i Södra Spanien.

Dagarna gick och när de satt ner en dag i slutet av månaden så sa Lisa.
–   Det känns som att vi är på fel spår, vi har gjort bra undersökningar men de är något som fattas. Jag kan inte sätta fingret på det men något är det, jag tror inte vi kommer längre än såhär, vi måste byta spår, sa Lisa
–   Jag ska inte säga "vad var det jag sa", sa Stefan

- Bra att du inte gjorde det min kära, för då skulle jag kalla dig en patetisk idiot
- Lugna er nu. Jag tycker att vi har gjort ett bra jobb, men jag håller med dig om att det känns som att vi är inne på fel spår, vi har gjort ett bra jobb men det är ändå som att vi kommit lite fel, sa Cecilia
- Hur går det med spåret efter älskarinnan, frågade Lisa
- Det går inte alls. Jag har försökt hitta något spår, men jag hittar inget förutom att jag hittat troliga datum, för att komma vidare skulle jag behöva fråga ut Desireé, men det vore av förklarliga skäl orimligt
- Jag ger mig, vi verkar inte lösa det här. Men jag fick månaden ut och vi har fyra dagar kvar efter idag. Jag vill att vi åker till Storuman över helgen, dels för att få lugn att tänka, dels för att försöka hitta något vi missat. Om vi inte hittar något nytt där så går vi till polisen det första vi gör på tisdag morgon, sa Lisa
- Då kör vi på det, du ska få din vecka
- Jag ringer mina föräldrar och säger att jag ska visa upp de vackra vinterfjällen för er. Vi får försöka pressa Eva på skvaller kring Hilding, hon vet allt som har hänt i byn sista trettiofem åren

Kapitel 47

Fredag 27:e november

Bilen gled långsamt fram genom trädhavet, mil efter mil med granar tallar och enstaka björkar. Enda avbrotten var i form av små vattendrag eller ensligt belägna hus. Stefan och Lisa hade under första tio milen från Umeå kört ungefär hälften var, men nu hade Cecilia tagit på sig att köra ända fram till Storuman. Hon trivdes med att köra upp till Storuman. Det var som att fiska, eller yoga för den delen, det långsamma tempot gjorde att tanken frigjordes. Det gick inte att stressa om man körde mil efter mil på ensliga långa vägar. Turister från södra Europa kunde ofta bli hänförda av det exotiska, för dem var det verkligen som turistsloganen berättade, "Europas sista vildmark". Stefan och Lisa hade båda blivit nöjda med kompromissen att berätta för polisen efter helgen. Lisa hatade att ha fel men var samtidigt lite nöjd med att de trots allt skulle ge polisen spår som tydligt visade att någon mer än Joakim hade känt till morden.

De kom fram runt lunch till Lisas föräldrar. När de körde in på uppfarten så kom Eva gåendes för att hälsa dem välkomna.

– Men vad roligt att ni kom igen
– Det är alltid lika trevligt att komma upp och träffa er, sa Cecilia
– Jag tänkte passa på att visa dem fjällen under vintern, visa dem hur vackert det är
– Det   är   det   verkligen

Efter att de hade packat in i sovrummet så meddelade Eva att fikat var framdukat.
– Jag blev så glad när ni sa att ni skulle komma så jag bakade hela gårdagen. Det är inget särskilt, bara några kakor.
– Tack mamma, vad snällt
– Men gud vad gott det ser ut, sa Stefan

De satte sig vid det mörka köksbordet. En rykande kanna kaffe stod på bordet bredvid fem kaffekoppar, förutom de fyra sorters kakor som Eva bakat så var det två mörka bröd som stod framme.

– Jag försöker vara lite mer nyttig så jag har börjat baka mörkt bröd

Cecilia tänkte säga något om onyttigheten i bröd generellt men valde att vara tyst. Hon visste att hennes sätt att se på vad som var ohälsosam mat provocerade de flesta. Egentligen kunde hon inte klandra dem, det var inte många som åt hälsosamt enligt Cecilia.

– Varje steg i rätt riktning är ett bra steg, sa Cecilia

Eva började berätta om vad som hade hänt i byn sista tiden.

– Men det var en sak jag tänkte på, var Hilding omtyckt här i byn, sa Lisa

– Nja, det skulle jag nog inte säga. De flesta känner nog någon sorts stolthet över att han som Storumanbo hade lyckats skapa ett stort företag från ingenstans. Men som människa var det nästan ingen som tyckte om Hilding. Han var falsk och taskig.

– Vad menar du med falsk och taskig, frågade Lisa

– Jag vill inte prata illa om de döda. Men redan när han var ung märktes det att han var manipulativ. När ni gick i skolan så var vi många föräldrar som upplevde att han skapade dålig stämning i klassen, manipulerade klasskamrater, mobbade, dessutom verkade han vara en ögontjänare inför lärarna. Att han var son till Storumans starke man gjorde att ingen riktigt ville ta tag i det

– Vad hände sedan, frågade Cecilia

– Det blev egentligen bara värre under tiden han bodde här. Hans gäng började tidigt med alkohol, hörde att de höll på med droger också. Hilding, Anders och Joakim var värstingarna i byn. Joakim sålde droger till några nergångna människor. Det gick rykten om att de hade utnyttjat flickor och mycket annat. Det som en dag fick bägaren att rinna över var när de gjorde inbrott på fyllan hos Jakobssons, de hamnade i slagsmål med Per som bodde där. Senare samma natt var det någon som hällde ut bensin och tände på Jakobssons hus. Alla visste att det var Hilding, Joakim och Anders men det fanns inga bevis. Dagen efter branden tog Hildings far in dem på sitt kontor och gav dem något sorts ultimatum. Efter det så flyttade de alla tre till Umeå och verkade klara sig ur idiotin

– Jävlar också, det hade jag ingen aning om, sa Stefan
– Hilding måste haft många fiender kvar i byn alltså, sa Cecilia mer som ett konstaterande
– Det hade han verkligen, sa Eva

Cecilia hade svårt att förstå hur Anders kunde varit en av de tre männen Eva berättat om. Han som var snäll mot alla, lekfarbrorn som alla barn gillade. "Jag kommer ihåg att jag tänkte att han var ganska mesig och försiktig när jag träffade honom först, det känns som att de pratar om en helt annan Anders än den jag kände".

– Vi tänkte låna skotern och hyra en stuga över helgen, vet du om det är någon som hyr ut såhär års, sa Lisa
– Vet ingen på rak arm, men fråga Martin när han kommer hem ikväll, han vet garanterat
– Var länge sen jag jagade så jag tog med mig geväret, brukar vara bra ripjakt såhär års

Efter fikat så gick de ut på en promenad, det gick en gångstig från baksidan på tomten som fortsatte in i skogen.

– Det är faktiskt saker som mamma inte vet om Hilding, Anders och Joakim, de var värre än hon tror
– Jasså, sa Cecilia
– De gjorde idiotiska saker, inte bara pojkstreck utan mycket värre än så. När de brände ner huset var det bara sista biten på en lång rad händelser. Det började egentligen på mellanstadiet, Anders hade fått tag på

hembränt via någon farbror som inte såg något problem i att sälja till ungdomar. De började sälja till andra i skolan. Vi var för unga för att kunna hantera det men drack ändå, det var en fest som urartade totalt i femman, Kristoffer drack så mycket att han knappt kunde stå men ville ändå ut och simma i sjön. Om det inte vore för att det var en kvinna i grannstugan som sett det hela hade Kristoffer drunknat. Några år senare var det en unge tjej som druckit för mycket hembränt och sedan gick ut själv för att simma. Hon hittades drunknade några dagar senare. Alla visste att det var Joakim som sålde alkoholen, men ingen tjallade så därför slapp han straff. Några år senare så fick Hilding med sig en tjej hem till sig efter en fest, Anders kom dit efteråt. Tjejen hade druckit så mycket att hon knappt kunde gå, men de våldtog henne hela natten. De skröt i skolan om att de hade haft trekant med henne, alla andra visste egentligen att hon inte velat. Hon anmälde det, men ni vet hur det är med våldtäkt, det är i praktiken omöjligt att bli fälld. Istället blev det tjejen som blev utfryst. Efter det blev det bara värre, de gick sällan till skolan, Joakim började sälja droger. Han hamnade i lite trubbel efter att en av hans kunder dog av en överdos, men han kom undan igen då inga vittnen fanns. Om inte Hildings far skickat iväg dem efter mordbranden är jag säker på att de alla suttit i fängelse nu. Men på något sätt lyckades de alla vände det någorlunda efter att de flyttat till Umeå, de hittade andra umgängeskretsar och hamnade i bättre sammanhang. Men trots det så hade de alla tre många ovänner kvar i Storuman. Det är nog många här i byn som blev glada när de hörde att Hilding och Joakim hade dött

– Oj vad hemskt, sa Stefan
– Men vad tror du, är det någon från byn som hatat Hilding så mycket så pass mycket att hen hjälpt till att mördat honom, frågade Cecilia

198

– Jag vet faktiskt inte. Vi har nog med information, jag tror egentligen inte att vi kan få ut så mycket mer. Nu gäller det bara att samla tankarna och se mönstret som vi missar. Men jag kanske har fel, vi kanske inte alls är nära. Så jag tycker fortfarande det är klokt att lämna materialet till polisen efter helgen

Kapitel 48
Fredag 27:e november

De var ute på en promenad för att köpa smör som Eva ville ha till middagen. De tog genvägen genom skogsdungen förbi gamla bensinstationen. Efter bensinstationen kom de till ett villakvarter, det stod stora bilar på uppfarterna och det rökte ur skorstenarna. På något sätt var det som att tiden gick långsammare tyckte Cecilia, det gick inte att stressa upp sig i en by som var så pass liten. "På ett sätt vore det skönt att bo såhär, avståndet gör att det valen begränsas, vi människor skulle nog må bra av det". Det var en tanke som kom i snarlika former i de perioder hon var stressad. Drömmen om ett hus långt ute på landet var egentligen drömmen om att slippa ta så många beslut, på samma sätt som hon ibland kunde längta efter att få ligga hemma sjuk några dagar och vara så pass orkeslös att hon bara orkade ligga och titta på tv. Det körde upp en röd Toyota på sidan av dem, bilen tutade och svängde sedan in framför dem. Anita hoppade ut ur förardörren.

– Men hej, vad roligt att se er, sa Anita
– Hej, det var oväntat, sa Lisa
– Vad för er hit denna vackra vinterdag
– Tänkte fly upp till fjälls för att få lite tid att tänka, samla krafter, svarade Cecilia
– Samma här, det är få saker som ger så mycket energi som att vara några dagar i stugan, fly från allting annat
– Jag tänkte faktiskt passa på att jaga lite Ripa också nu när vi ändå är här. Var längesen jag kunde komma iväg och jaga
– Men vad roligt, jag hade tänkt jaga lite jag med
Anita stod och verkade dividera med sig själv.
– Men jag trodde inte ni hade någon stuga längre, sa Anita
– Det har vi inte, men jag tänkte fråga pappa om vem vi kan hyra av

- Jag har ju plats i min stuga, den ligger bredvid Ryfjället och Stalofjällen, vore bara trevligt med lite sällskap
- Det känns som att vi tränger oss på, sa Stefan
- Inte alls, det är alltid roligt att träffa er, dessutom är det en lång skoterfärd så det är säkrast att vara fler om något händer

Anita tittade Stefan djupt i ögonen och log. "Hon vet ju trots allt mycket om de inblandade, om det är någon som kan komma med den saknade pusselbiten är det Anita", tänkte Lisa

- Vi hade egentligen tänkt hyra en bara vi tre, men ditt förslag låter faktiskt bättre.

De beslutade sig för att åka upp till stugan morgonen efter.

- Skönt att få samla tankarna
- Håller med dig. Vara ute i naturen själv med bössan är avstressande

Efter samtalet så gick Lisa tillsammans med Cecilia och Stefan och handlade på OKQ8 vid Storgatan.

När de kom tillbaka igen så stod redan middagen på bordet, det var som vanligt hemmaskjuten älg som gällde. Eva hade dessutom lagat eget bröd och gjort hemmagjord potatisgratäng.

- Vi fick tag på en stuga mamma, vi träffade Anita Karlsson på vägen till OKQ8 och då erbjöd hon oss att sova över i hennes stuga över helgen
- Men vad snällt, att hon orkar kämpa trots allt det hon gått igenom i sitt liv, oturen verkar aldrig ta slut för henne, stackars jänta

"Vad har hon gått igenom mer än Joakims död", tänkte Stefan. Före han hann fråga Eva något kom Martin in i rummet.

- Men hej pappa, vad roligt att se dig
- Hej allihop

Lisa försökte under middagen få ur så mycket information som möjligt om Hilding och Joakim. Sökte efter något som kunde hjälpa henne på traven i sökandet efter medhjälparen. Eva hade dock redan berättat allt hon visste och Martin var svår att dra något alls ur.

När de gick och la sig så la de sig bredvid varandra hade de ingen tanke på att göra något annat än att prata och sova. När Cecilia låg där gick det upp för henne att hon faktiskt var en av tre personer som jagade efter en medhjälpare som inte ens polisen kände till. När hon tänkte de tankarna så gick det en ilning genom hela kroppen, hon var van vid att hantera liv och död på akutrummet, men här ute i den riktiga världen kändes jakten så overklig.

- Jag tycker det var klokt av er att förmå mig att gå till polisen på tisdag, om vi mot förmodan löser det före dess är det såklart det bästa, men om vi inte gör det är det klokt att lämna över resten till polisen, sa Lisa
- Tack min älskade, sa Stefan
- Sov gott nu, sa Lisa och vände sig om

Kapitel 49

Lördag 28:e november

Lisa hade satt klockan på ringning klockan halv sex. Hon reste sig glatt ur sängen medan de andra två låg kvar. Cecilia njöt av att ligga kvar och dra sig. Hennes vila avbröts när Lisa stoppade in huvudet genom dörren och sa.

– Frukosten är serverad
– Perfekt, kommer snart, sa Stefan
– Det gör du inte om jag känner dig rätt, om ni inte kommer snart hoppar jag ner i sängen och kittlar er tills ni verkligen vaknar

Cecilia och Stefan tog sig sömndruckna upp ur sängen. De möttes av juice, kaffe, mackor, kokade ägg, matrester från gårdagen och lite torkat renkött.

Anita körde upp sin skoter på baksidan av huset.

– Vilket väder, tror det här kan bli en speciell helg
– Nu får man vara stolt över Storuman, sa Lisa

Lisa och Anita hade varsin skoter. Cecilia hoppade upp bakom Lisa och Stefan var då tvungen att sätta sig bakom Anita. Lisa kände ett svagt stygn av svartsjuka men slog bort den när hon såg Stefans obekväma min. Cecilia fann det väldigt roligt att det var så tydligt att Anita var intresserad av Stefan, hon misstänkte också att Anita var omedveten om Stefans och Lisas okonventionella förhållande. "Undrar hur hon skulle reagera om hon fick reda på det. Kanske ska antyda det under helgen för att se hennes reaktion", tänkte Cecilia.

Den åtta mil långa skoterfärden var vacker. De passerade toppar med god utsikt, glesa fjällskogar, igenfrusna fjällbäckar. Anitas stuga låg i en gles skogsdunge. Timmerstugan var en omålad enplanstuga med sovloft.

– Men vad fint, sa Stefan

- Visst är det, sa Anita
- Verkligen, är det en familjestuga
- Det var det. Men jag har fått ärva och nu är den helt min egen

Anita öppnade dörren och de gick in. Direkt till höger fanns ett litet kök men inget badrum då det varken fanns el eller rinnande vatten. Till vänster fanns rummet som egentligen var själva stugan. Längs bortre väggen gick det en trappa upp till ett loft. De plockade in packningen. När de valde sängplatser på loftet så såg Stefan till att hamna på kanten som var längst ifrån där Anita skulle sova.

- Vad säger ni, ska vi gå på en tur till närmsta tjärnen före middagen, sa Anita
- Det låter bra, du får leda oss och visa vad som finns att se häromkring, sa Cecilia

Anita visade dem den djupa tjärnen som låg ungefär en kilometer bort. Den var helt istäckt så det gick inte att se ner i djupet.

- På sommaren så ser man inte ner till botten, det är mäktigt, då känner man sig liten inför moder natur

På östra sidan om tjärnen gick samma skoterspår som passerade utanför Anitas stuga. De passade även på att gå upp på en liten höjd för att få se utsikten i det klara vädret.

- På Lill-Stalofjället är det ännu bättre utsikt, sa Anita och pekade, om det blir fint väder imorgon kan vi åka dit

Middagen bestod av medtagna rester. Eva hade propsat på att de skulle ta med alla resterna från middagen dagen före, när Lisa först försökte tacka nej så blev Eva så stött att det inte fanns något val. Anita hade plockat med sig lite vin och öl vilket smorde samtalet. De diskuterade lite allt möjligt, Lisa ställde en fråga om Joakim.

- Saknar du honom
- Nej egentligen inte, jag saknar att ha någon att dela livet med. Men efter allt det han gjort så tycker jag faktiskt att

han på något sätt förtjänade att dö, det låter kanske brutalt
- Det låter jobbigt att tänka så, sa Cecilia
- Kanske det, men jag tycker man ska få betala för sina synder

Samtalet dog ut efter det.

- Vad säger ni, det är en lång dag imorgon, ska vi inte gå och lägga oss, sa Lisa

Kapitel 50

Hon stod med ansiktet riktat mot gevärsmynningen. Hon förstod att slutet var nära, hennes liv låg i händerna på personen framför henne. Det räckte med ett kort drag med fingret och kulan skulle åka ut och slita sönder kroppsvävnader. Sekunderna gick, långsamt började hoppet tändas, personen framför henne kanske hade ändrat sig, hon kanske skulle få leva. Geväret var dock fortfarande riktat mot bröstkorgen.

Kapitel 51
Söndag 29:e november

Anita visade den säkraste vägen på kartan.
- Jag tror inte att det går att åka på Vasksjön, isen är alldeles för svag, så ni får åka runt här på östra sidan. Vi väntar på er utanför renvaktarstugan, sa Anita och pekade på en plats
- Det där brukar vara en fin fikaplats på sommaren har jag för mig
- Vi åker före så hinner jag passa på att visa Cecilia utsikten över dalen. Både mamma och pappa skulle vrida sig i sina gravar om jag tog med en gäst upp på fjället och inte visade utsikten över dalen
- Det låter bra, vi packar ihop det sista och kommer om ungefär en timme

Anita hoppade upp på skotern och väntade tills Cecilia hade satt sig tillrätta bakom henne.
- Nu får du hålla i dig

Skotern accelererade kraftigt och Cecilia fick krama om Anita ännu hårdare för att inte flyga av. Anita log när vinden ven kring hennes hår, det var en frihetskänsla som hon hade med sig från barndomen. "Friheten kommer snart". Skoterleden var fint preparerad.
- Vi ska upp här, du ska få se en utsikt du aldrig glömmer så länge du lever

Hon svängde upp skotern mot Lill-Stalofjället. Anita svängde vant mellan stenar och träd. Cecilia vände sig om och kunde redan ana att det skulle vara en fantastisk utsikt uppifrån toppen. Anita stannade skotern tjugo meter ifrån kanten.
- Om du frågar mig är det en utsikt att dö för, sa Anita och log

Cecilia gick fram mot klippan och tittade ut. Det var en helt fantastiskt utsikt. Dalen lystes upp av fullmånens sken. Hon kunde se flera mil bort, enstaka bergstoppar stack upp ur marken, det fanns några små dungar med träd men annars var det vitt så långt ögat kunde nå.

– Du har rätt, det är verkligen en utsikt att dö för
Cecilia tittade ner över kanten och såg att det var en lång sluttning med utspridda stenar. "Det skulle krävas tur för att överleva ett fall härifrån".

Cecilia blev väldigt förvånad då hon några sekunder senare vände sig om.

– Du verkar förvånad, sa Anita
– Det är jag
– Men lilla du, jag tror att du, Lisa och Stefan inte är så kloka som ni tror att ni är. Ni har sökt efter en medhjälpare hela tiden och så har ni missat att ni den riktiga mördaren stått rakt framför ögonen på er
Cecilia stod still och försökte samla tankarna.
– Men jag förstår inte
– Jag är faktiskt ledsen över att du måste dö, men så är det tyvärr. Men ni har kommit för nära sanningen så du, Lisa och Stefan måste dö. När Hilding, Joakim och Anders dog så var jag desto gladare
– Men Anders blev ju inte mördad
– Men förstår du fortfarande inte. Jag kvävde Hilding när vi styrketränade ihop efter att vi hade haft sex, dränkte Anders i sommarstugan, brände upp Joakim och tog över styrningen på Kajsas permobil. Sedan var det ett lätt jobb att få det att se ut som att Joakim var mördaren. Jag grät dessutom ut i TV över hur jobbigt det var med Joakims bipolaritet som han aldrig hade visat upp för någon annan än mig
"Jag måste på något sätt köpa tid så jag kan komma på något".
– Men du gav ju pengarna till bipolaritetsforskning, varför behöll du inte dem

- Jag har nog med pengar, jag var den som kontrollerade alla bankkonton. Det var jag som köpte alla optioner, Joakim visste inte ens att han hade tjänat alla de pengar som jag senare gav bort. Men jag är inte dummare än att jag gjorde andra affärer som jag inte berättade om för Knut
- Var du källan till Knut
- Det var jag såklart, med källskyddets hjälp kunde jag utan problem lämna ut exakt de uppgifter som passade mig. Han verkade dock inte förstå vilket bevismaterial jag hade gett honom, men som tur var för mig gav han vidare alla uppgifter till Stefan
- Men varför säger du att vi är dig på spåret
- Det är för att ni börjat undersöka vilka andra som tjänat pengar på deras död. Som tur var blev det en sådan härva att det inte går att spåra mina pengar i Minerva Holdings. Jag gjorde min största förtjänst där
- Men polisen kommer att hitta dig tillslut
- Jag trodde det först jag med. När Stefan ringde och berättade att han misstänkte att Joakim hade haft en medhjälpare så tänkte jag först lämna landet, men till min förvåning så hade ni beslutat att sköta det själva utan att blanda in polisen. Sakta började jag förstå att jag fortfarande hade chansen att klara mig, det gällde bara att få er tre ur vägen så skulle ingen någonsin komma på mig
- Men varför behövde du döda alla fyra, du har ju inte tjänat en krona på Anders död
- Det har jag inte, men jag ville hämnas det han gjorde. Han söp ner min syster på en fest när hon var fjorton år, de gick ut i skogen för att ha sex och sedan tappade han bort henne. Hon hittades drunknad tre dagar senare. Hilding och Joakim sålde droger till min mor tills hon dog i en överdos. Min far sköt sig själv när hans dotter drunknat och hans fru tagit sitt liv. Min bror flydde in i alkoholen men började sakta ta sig ur den, han flyttade till Umeå och

jag hjälpte honom så gott jag kunde. Det hade nog gått om det inte varit så att han hamnat på KJ Välfärds rehabiliteringshem. De hade inte personal nog att hantera hans dippar, jag hade påtalat det flera gånger men de vägrade lyssna. Tillslut hängde han sig i duschen

– Men hur kunde du leva med Joakim om du hatade honom

– Jag älskade honom till en början. Det var när jag hittade min brors dagbok som jag förstod att det var Joakim och Hilding om sålt drogerna till mamma. Då började jag gå igenom alla brev, anteckningar och dagböcker som fanns kvar från resten av familjen. Min bror hade upptäckt att Hilding sålt droger och hade börjat pressa honom på pengar för att inte sälja berättelsen till någon tidning. När jag sedan upptäckte ett mail från Hilding till Kajsa där han bad henne smuggla in alkohol och tabletter till min bror dagen före han hängde sig så hade jag inget val. Jag var tvungen att hämnas, jag var tvungen att döda dem alla

De stod tysta och såg på varandra. Anita höjde sakta vapnet.

– Men varför dödar du Stefan, jag trodde att du var intresserad av honom

– Det är jag, men han är en för stor risk, han verkar alldeles för ärlig för att fly undan tillsammans med mig

– Det verkar som att han haft rätt om dig hela tiden

– Vad menar du

– Han sa att du var konstig, hängde efter honom trots att han tydligt visade att han inte var attraherad av dig

Anita sänkta sakta vapnet.

– Jag tror dig inte, han är visst intresserad av mig, jag ser ju hur han tittat på mig

– Det är inte vad han säger

När Anita sänkte vapnet ännu lite mer så tog Cecilia sin sista chans. Hon tog två steg och kastade sig över kanten. Anita höjde vapnet och sköt.

Kapitel 52

Kulan gick in genom huden frontalt, slet sönder mjukdelar och skelett före den passerade ut dorsalt. Kvinnan föll utför stupet. Nedanför var det en lång snösluttning med uppstickande vassa stenar. Kroppen föll handlöst, studsade och tumlade ner tills den tillslut fastnade på baksidan av en snöhög. Personen som hållit i geväret gick fram till kanten och tittade ner, långt där nere såg personen en kvinnokropp ligga. Runt kvinnokroppen pulserade blodet och färgade snön röd.

Kapitel 53
Söndag 30:e november

Stefan diskade undan det sista medan Lisa gick runt i stugan.

– Nu när allt har fått sjunka in så känns det vettigt att lämna in allt vi hittat till polisen, de har mer resurser och kommer lösa det. I värsta fall flyr medhjälparen, men det är inte så mycket att göra, vi har inga bra alternativ, sa Lisa

– Det var snällt av Anita att bjuda med oss, varför har du aldrig tagit med mig hit upp någon gång tidigare

Stefan väntade på ett svar men fick inget.

– Lisa, hur går det, hörde du vad jag sa

Fortfarande inget svar. Stefan gick ut i stora rummet och där stod Lisa med ett familjefotografi i handen.

– Håller du på att snoka runt

– Ge mig gästboken, jag måste kolla en sak

Lisa började bläddra i gästboken tills hon hittade året 1989 och började läsa, hon fortsatte bläddra förbi 1990 tills 1991 kom och hon hittade det hon sökt efter.

– Titta här

Det var ett foto på en familj och under fotot stod det.

Pernilla, 13 år

– Jag förstår inte, sa Stefan

– Pernilla var Anitas lillasyster, hon dog någon gång under högstadiet minns jag. Drunknade i samband med en fest

Stefan tittade på bilden, han såg en familj med tre barn och två vuxna som log. Det var ett helt vanliga semesterfoto. Lisa bläddrade vidare till 2001.

Jag älskar er mina barn. Glöm aldrig det. / Hans

– Fan fan fan. Cecilia är i fara. Gör dig iordning för att åka med skotern direkt. Jag förklarar under färden

Lisa sprang upp på en höjd bredvid stugan där hon tillslut fick en plupp i mobiltelefonens täckningsstapel. Hon försökte ringa Sofia men mottagningen var för dålig, hon skrev istället ett kort sms som hon lyckades få iväg.

När de satt på skotern sa Lisa.

- Jag tror vi har haft fel hela tiden. Tänk efter nu, såg du någon skymt av Joakim under gisslandramat
- Nej, han var ju inne i huset, han använde ju Anita som mänsklig sköld för att inte synas
- Är du säker på det, såg någon honom före han brann inne
- Nej, det gjorde ingen, han skickade ju bara fram Anita för att kolla läget
- Men ingen såg honom, han sa ingenting utan lät Anita prata. Dessutom hade Anita väldigt tur att hon, trots att hon varit fastbunden flera timmar, lyckades fly utan att Joakim varken sköt eller hann ikapp henne
- Vart är du på väg
- Jag kommer dit men du måste svara på några frågor till. Är du säker på att du såg någon bil som körde ifrån Anitas stuga
- Nej, men den körde ju iväg just före jag kom
- Är du säker på det, fick ni fast någon bil
- Nej, den hann undan
- Anita sa att en bil han undan, men du vet inte vilken bil, du vet bara att Anita sa att en bil varit där. Är det inte väldigt lämpligt för mördaren att bevismaterial försvinner fem minuter före personen som kan avslöja mördaren kommer förbi. Är det inte lämpligt att Joakim dör före han kan vittna. Är det inte lämpligt att Anita råkade svänga in på bensinmacken samtidigt som vi gjorde det. Dessutom berättade jag om att det gick Anitas lillasyster Pernilla drunknade i samband med en fest. Före hon drunknade var hon ensam tillsammans med Anders ute i skogen, och det var dessutom han som hade gett henne hembränt
- Du menar att det är Anita som är mördaren

213

–   Det kommer vi snart att få reda på

Det pep till i Lisas mobiltelefon. Medan hon läste sms:et så tog batteriet slut.

–   Någon har gjort stora optionsaffärer just före nyheterna om Minerva Holdings publicerades. Anita var en av de få personerna som visste exakt när nyheten skulle publiceras. Allt pekar på att det är hon som är mördaren och nu är hon ute själv med Cecilia på fjället
–   Vad ska vi göra
–   Vi måste stoppa henne
–   Ska vi inte ringa polisen
–   Min mobil är död och du har ingen täckning, vi hinner inte vänta på dem om Cecilia ska ha en chans att överleva

Lisa kastade fram kartan och tittade.
–   Om jag vore henne skulle jag ställa skotern vid renvaktarstugan och sedan vänta in oss liggande i skogsbrynet. När vi saktar in skotern så har hon en perfekt skottvinkel och då har vi ingen chans att fly, sa Lisa och pekade på kartan
–   Men hur ska vi göra
–   Vi får låta jägaren bli jagad, vi tar en cirkel runt och ser om jag har rätt. Det värsta som kan hända är att jag har missbedömt situationen och då kommer vi sent till vindskyddet

Lisa bytta om till sina vita jakmundering, laddade geväret och fyllde en liten ryggsäck med patroner. Hon startade motorn, när hon kände Stefans händer kring sin midja så gav hon max gas. Skotern stegrade lätt när de åkte iväg. Lisa körde först efter skoterleden men vek av för att kunna ta sig runt höjden. Hon saktade inte in när de passerade genom dungar med fjällbjörkar. När de kom ut på ett parti mellan två kullar så saktade hon in och körde sakta framåt.

– Här är det öppet in till Vasksjön, hon kan höra oss om vi inte saktar in

Efter att de hade passerat kullarna så ökade Lisa takten igen. Hon gjorde en tvär sväng och de körde upp på en kulle. Lisa stannade skotern och hoppade av. Hon gick upp till toppen och la sig med kikaren.

– Titta där, där ligger hon

Hon gav Stefan kikaren.

– Du har ta mig fan rätt, där ligger hon med geväret, och där vid renvaktarstugan är skotern. Jag ser inte Cecilia

– Inte jag heller, vi kan bara hoppas att hon fortfarande lever

– Vad gör vi nu

– Det är för långt för att jag ska kunna skjuta, jag måste komma närmare henne

Lisa tittade på kartan.

– Vi åker till skogbrynet här, jag går i skogen tills jag hittar en bra plats, jag är kamouflerad och hon kommer aldrig att se mig, sa Lisa och pekade på kartan

– Vad ska jag göra

– Du ska köra samma väg som vi borde kommit, sedan ska du stanna före den här höjden, sa Lisa och pekade på kartan. Gå upp för höjden och vinka mot renvaktarstugan, ropa någonting om att vi behöver hjälp med skotern som fastnat. Hon kommer inte att skjuta när hon bara ser dig. Kommer hon för att hjälpa dig har jag perfekt skottvinkel

– Om hon inte kommer och hjälper mig

– Då får jag försöka skjuta ändå, jag har i alla fall en bättre skottvinkel än vad jag har härifrån

Stefan var rädd men insåg att han inte hade något bättre plan. Han satte sig på skotern och körde iväg.

Lisa pulsade på så snabbt hon orkade. Hon försökte fokusera på det kommande skottet, "det är som att skjuta en älg, det är inget annat". Hon såg att Stefan kom på skotern, Lisa hade hundra meter kvar till platsen som hon tänkte ligga och vänta på. Det var en inbuktning i skogen så hon hade perfekt syn mot det öppna fältet, men Anita hade ingen möjlighet att se henne från sin position. Lisa ökade takten på pulsningen. När Stefan gick ut ur dungen och vinkade så hade hon just kommit fram till sin skottposition . När hon la sig ner så andades hon fortfarande tungt. Hon tog fram kikaren och tittade bort mot Anitas håll. En minut gick men inget hände.

Kapitel 54
Söndag 30:e november

Varför kommer de inte, undrade Anita. Hon tittade mot skogen igen och såg att Stefan kom gåendes upp på en kulle. Han vinkade med stora rörelser och skrek något mot renvaktarstugan. Hon såg på läpparna och anade orden "fast" samt "skoter". "Vad gör jag nu, måste ta ett snabbt beslut. Om de skulle kommit på mig skulle de redan ringt polisen, det är ingen fara, jag åker dit och hjälper dem, säger att Cecilia sitter kvar i vindskyddet". Anita gick i en båge runt kullen och kom ner till skotern. Hon satte sig upp och började sakta köra mot Stefan.

"Nu kommer hon. Du har bara en chans att träffa, du måste ta den". Hon följde skotern med siktet, Lisa andades fortfarande tungt och hade svårt att hålla geväret still. Anitas skoter körde upp för en kulle och tappade fart. När farten var lägre gick det lättare att sikta, Lisa såg Anitas bröstkorg i siktet och kramade avtryckaren.

Anita körde sakta skotern, hon försökte komma på hur hon skulle göra. Planen var tvungen att justeras. Hon var på väg uppför en kulle när hon hörde att det small till bak på skotern, just efter smällen på skotern så nådde skottljudet henne. "Vad fan händer". Hon kunde inte fortsätta mot höjden där Stefan var, hon kunde inte vända om för det skulle ta för lång tid, hon kunde inte svänga upp till vänster för där var det en höjd och och hon skulle vara ett mål som rörde sig för långsamt. De enda hon kunde göra var att köra ut på isen. Ett skott till small av när hon svängde ut på Vasksjön. Skottet träffade hennes vänstra fot och hon skrek till av smärta. Men det var bara att fortsätta så hon ökade på gasen. Isen knackad oroväckande under skotern. "Jag klarar det", tänkte hon när hon nästan var framme på andra sidan sjön. Då plötsligt brast isen, skoterns fart höll uppe den några meter men sedan försvann farten och skotern sjönk.

Lisa hade inte lyckats lugna ner andningen så mycket som hon ville. När hon tittade i siktet efter att ha skjutit det första skottet såg hon att Anita ryckte till men föll inte av skotern. "Jag måste träffat skotern". Lisa siktade igen och träffade bättre, hon tyckte att Anita ryckte till ännu kraftigare. "Hon kommer undan", tänkte Lisa när Anita försvann över sjön. Men när Anita nästan var över så försvann plötsligt skotern. Lisa tog upp sin kikare. Hon såg först ingenting förutom en stor vak. Men sedan såg hon Anita krälandes på isen in mot land. Lisa började pulsa ner mot skogsdungen.

Anita hade lyckas kasta sig av skotern när den saktade ner och började sjunka. Hon hade landat på isen med en ryggsäck på ryggen, ett patronbälte runt midjan och med benen i den iskalla vaken. Med ren viljekraft lyckades hon kräla sig upp på isen. Några meter längre fram låg geväret, hon tog geväret med sig när hon krälade in mot land. "Jag är skadad men jag lever, fokusera, nu gäller det att överleva".

"Det tar för lång tid", tänkte Lisa när hon pulsade. Stefan hade börjat pulsa henne till mötes.

– Såg du att hon körde ner med skotern i vaken, sa Stefan
– Det såg jag, men jag såg också att hon kastade sig av och nu har kravlat upp på andra sidan sjön
– Så hon kom undan
– Hon kom undan men hon kommer inte kunna fly långt
– Men låt polisen sköta det här, snälla Lisa
– De har ingen chans att ta fast henne här på fjällen nu när det snart ska börja snöa. Det är för stort område som måste sökas igenom. Hon kan göra inbrott i en stuga värma sig. Med hennes pengar kan hon sedan ta sig ut ur landet utan problem. Antingen köper hon en ny identitet och flyr till en söderhavsö eller så återvänder hon för att hämnas på oss. Jag måste fånga henne nu
– I så fall ska vi ska fånga henne, jag vägrar låta dig göra det här själv
– Ta inte illa upp men du skulle bara vara i vägen, jag måste jaga henne själv till fots, tar jag skotern är jag för lät att upptäcka. Du ska åka iväg med skotern och larma polisen. Be dem sätta upp vägspärrar på väg E12:an, ska hon fly landet är det troligen den vägen hon tar. Förklara även

218

situationen så kommer de att skicka upp allt de kan. Har
vi tur lyckas jag följa henne och sedan kan polisen fånga
in henne

– Men det är för farligt
– Jag måste avsluta det jag har påbörjat

Stefan kramade om Lisa hårt.

– Jag älskar dig, du får lova att komma tillbaka
– Jag älskar dig med

De lastade över all mat i Lisas ryggsäck och sedan gick hon
iväg. Hon pulsade runt sjön i ett lagom högt tempo. Hon var
tvungen att hålla uppe temperaturen i kroppen men fick inte
börja svettas. Stefan körde iväg åt motsatt håll efter
skoterleden.

Kapitel 55
Söndag 30:e november

Hon hade just förlorat sin oskuld. Men det var inte såhär hon hade tänkt att det skulle gå till. Hon hade tänkt att det skulle ske framför en tänd brasa på ett renskin. Inte att hon låg berusad på rygg bredvid en myrstack.
— Jag går tillbaka till festen nu, sa pojken
— Jag kommer strax
Hon ville inte tillbaka till festen, hon ville bara bort. När hon gått ett tag kom hon fram till en sjö, gick i för att tvätta sig ren. Hon hittades tre dagar senare drunknad.

Lisa hade kommit fram till andra sidan sjön. Hon såg tydliga spår efter Anitas skor. Hon gladde sig när hon såg att det var några droppar blod i några av fotspåren. "Ett skadat byte". Lisa följde spåren en lång väg med kikaren, det gick västerut, genom några spridda träd upp mot kalfjället. Lisa såg ingen möjlig plats för Anita att ligga i bakhåll så hon gick vidare. Ungefär hundra meter längre fram så träffade hon på några kläder bredvid spåret. Hon tittade igenom dem och kunde konstatera att Anita hade slängt sina blöta kläder och bytt till torra. Att byta bort blöta kläder innebar att Anita varit tvungen att kyla ned sig när hon bytte om, men i och med att hon slapp det de blöta kläderna så sparade hon värme på sikt. Lisa insåg att det kunde bli en lång jakt.

En förälder ska aldrig behöva begrava sin dotter, men hon gjorde det ändå. Utåt sett var hon stark men inåt sett var det kaos. Till en början var det alkohol till helgen för att dränka ångesten. När inte alkoholen hjälpte längre testade hon lugnande mediciner. När inte det hjälpte började hon med droger som hon köpte från två unga män. Men pengarna tog slut och hon kunde inte betala. Hon hade inget val, hon betalade i natura. Ångesten blev värre och drogintaget ökade för att

*klara av det. En dag blev det för mycket, hon blandade allt hon fick tag
på och somnade in. Hon vaknade aldrig upp.*

"Jag är stark och kommer att klara det här", tänkte Anita. Hon
gick framåt i en stadig takt. Hon visste inte vad hon skulle gör,
men så länge hon gick hade hon tid att tänka. Egentligen
fanns det bara två alternativ. Antingen skulle hon kunna
försöka fly eller så skulle hon ge sig in i en katt och råtta-lek
med Lisa. Flykten kunde ske på många sätt, bästa sättet var
nog att gå in i en snårig skog där Lisa inte skulle våga följa
efter i samma takt. Anita kunde sedan göra inbrott i stugor,
hade hon tur fick hon tag på en fast telefon. Hennes kontakt
i Schweiz nog hjälpa henne komma i kontakt med rätt
personer för att fly landet. Även om hon var tvungen att
betala fem eller tio miljoner för att börja ett nytt liv i något
varmt land så hade hon gott och väl femtio miljoner till. Hon
skulle kunna leva gott på det. Att ge sig in i katt-och-råtta-lek
med Lisa var ett betydligt farligare alternativ.

*En förälder ska aldrig behöva begrava sin dotter. En man ska aldrig
behöva hitta sin fru död i en överdos. Men han gjorde det ändå. Han var
tvungen att vara stark för sina två barn. Han satte mat på bordet, såg
till att det inte gick nöd på barnen. Men han levde egentligen aldrig efter
att hans fru dog. Dagen som den yngsta sonen tog examen så hade han
fullgjort sin plikt. Han åkte till deras stuga och tog med sig geväret. Han
fick det att se ut som en olycka, men hans son och dotter visste bättre.*

Lisa gick upp på en höjd bredvid spåret för att få bättre
överblick. Hon tog upp kikaren och fick syn på Anita någon
kilometer bort. Det var alldeles för långt för att ens fundera
på att skjuta. Men när hon fick syn på henne så gav det dels
krafter att fortsätta, dels slapp hon oroa sig för att Anita låg
bakom nästa hörn och lurade. Lisa ökade takten återigen.

En man ska inte behöva mista sin yngre syster, sin mor och sin far. Men det gjorde han. Livet i Umeå blev till en början mycket bättre. Han läste på universitetet och lyckades bra. Han var rädd för att prova alkohol med tanke på vad den gjort med hans familj. Men grupptrycket blev starkt och han började. När han väl hade börjat kunde han aldrig sluta. Hans syster såg till att han fick hjälp och han fick ordningen på livet. Men sedan kom ett återfall, hans syster hjälpte honom, ett nytt återfall, hans syster hjälpte honom. Hon fick tillslut in honom på ett privat boende där de arbetade enligt en ny metod där brukaren var i centrum. Det lät bra i teorin, i praktiken innebar det att man skar ner på personalen och lät brukarna klara sig själva. "Eget ansvar" betydde i praktiken att brukarna utan problem kunde ta in alkohol och droger. När systern en dag hälsade på så fick hon se sin bror hängd i en taklampa.

Även om Anita hade satsat på att flykt var bästa alternativet började hon tveka. Hon hade god kondition det var inte det, men hennes vänsterfot gjorde mer och mer ont. Om hon inte snart lyckades villa bort Lisa skulle hon snart vara inom skotthåll. Hon kunde chansa vidare eller ta vara på den fördel hon hade - Lisa visste in om hur skadad hon var.

En kvinna ska aldrig behöva begrava hela sin familj, men det gjorde hon ändå. Vissa går under, vissa orkar gå vidare. De som orkar gå vidare gör det ibland av kärlek, ibland av hat. Hat kan var en stark drivkraft, hämnden kan vara ljuv. En dag så kan en kvinna kväva en av dem som sålde droger till hennes mor. En annan dag kan en kvinna dränka den som söp ner hennes syster så kraftigt att hon drunknade. En tredje dag så kan en kvinna följa efter en person på permobil, personen på permobil kan vara ägaren av missbrukarhemmet där kvinnans bror hängde sig, då kan kvinnan ta över styrning av permobilen och köra ut rakt framför en lastbil. En fjärde dag kan en kvinna binda sin man i vardagsrummet, skvätta bensin i hela huset och sedan kasta en tändsticka. En femte dag kan hämnden drabba kvinnan själv. Hon kan vara jagad ute på fjället.

Lisa kom närmare och närmare vilket förvånade henne, skulle hon vara Anita skulle hon satsa allt på att orka fram till skogen som började någon kilometer bort. Lisa skulle aldrig kunna följa hennes spår i skogen, Anita kunde gömma sig bakom ett träd och Lisa skulle inte ha den minsta chans. Nästa gång Lisa fick se Anita genom kikaren så fick hon det att gå ihop, Anita haltade kraftigt.

Anita såg att Lisa var ungefär en kilometer bakom henne. Det var två kilometer kvar till skogen ovanför Yttervik, hon skulle inte klara det. Det fanns ett till alternativ hon inte hade tänkt på. Om hon vek av något norrut så låg det en skogsdunge. Det låg inte rakt på vägen till skogen men hon skulle hinna dit i god tid före Lisa hunnit upp henne. Dessutom skulle Lisa tappa fart, det kanske skulle gå ändå.

Lisa såg att Anita hade vikt av mot dungen. Det fanns två alternativ. Gick Lisa rakt på Anita så var hon ett enkelt byte om Anita låg kvar, om Lisa gick en stor cirkel kring dungen så skulle Anita hinna undan om Anita gått direkt genom dungen. Lisa var tvungen att chansa.

Anita hade fattat sitt beslut och kunde bara hoppas att Lisa skulle fatta fel beslut. Hennes högerfot värkte. Hon kramade sitt gevär och gjorde sig redo.

Lisa gick rakt på träden. Hon stannade upp när det var tvåhundra meter kvar och tittade med kikaren. Lisa drog upp geväret, siktade och sköt först ett skott och sedan ett till. Hon tog upp kikaren igen, såg inga rörelser.

Anita hörde ett skott och kastade sig på marken. Hon hörde ett till snart därefter. "Har jag ont någonstans", tänkte hon. Men hon verkade inte ha blivit träffad. Hon vände sig sakta om i snön och tog upp kikaren. Hon såg inte Lisa någonstans.

Lisa såg ingen rörelse, "nu får det bära eller brista", tänkte hon. Om Anita hade varit inne bland träden borde hon ha kastat sig på marken, då skulle Lisa förhoppningsvis sett någon rörelse. Lisa kunde aldrig tro att Anita var så kall att hon synade Lisas bluff. Lisa gick rakt mot träden.

Under den minut som Anita låg kvar så insåg hon vad som hade hänt. Hon insåg också att hon aldrig skulle hinna till fram skogen förrän Lisa hann igenom dungen och då skulle Lisa få fritt skottfält. Anitas valmöjligheter var slut. Hon kunde bara gå åt ett håll och det var tillbaka.

När Lisa kom bland träden så mötte hon Anitas blick. De var på varsin sida av dungen, de upptäckte varandra samtidigt. Båda kastade sig på marken. Lisa kröp snabbt åt sidan och la sig bakom en sten. Hon kikade fram och kunde se Anita krypa in bakom tre träd. "Vad gör jag nu", tänkte Lisa.

Anita förbannade sig själv när hon kröp in bakom träden. "Hade jag bara stannat inne i dungen hade jag kunnat skjuta henne. Jag hade inte ens behövt döda henne, det hade räckt att skjuta henne i benet så hon inte kunde jaga mig". Anita hade sett vart Lisa gömt sig. Anita vågade knappt röra kroppen men tvingade sig själv då hon var tvungen att hålla koll på Lisa. När Anita sakta flyttade huvudet fick hon en minimal glipa mellan två av träden gick det att skymta stenen Lisa var bakom. Hon såg att Lisa låg kvar där. Anita låg kvar och tittade.

Lisa grävde ner sig bakom snön. Den snötäckta stenen bestod egentligen av två olika stenar som överlappade varandra. När Lisa grävde bort snön så gjorde hon ett litet hål med gevärspipan i snön. Hon såg rakt på träden som Anita låg bakom. Hon tittade noga omkring och såg att Anita låg kvar där bakom. Lisa låg kvar och tittade igenom hålet.

Anita grävde ner sig i snön. Hon förberedde sig på att ligga kvar länge bakom träden. Det var den konstigaste situationen hon befunnit sig någonsin, hon visste inte vad hon skulle göra, men en sak var säker, hon skulle inte sticka fram huvudet.

Lisa resonerade med sig själv fram och tillbaka, men hon visste inte vad hon skulle göra. Hon kunde inte röra sig bort från stenen utan att riskera livet, eftersom Anita troligen såg allt som hon gjorde var hon låst. "Det måste finnas något att göra".

Det blev kallt bakom träden för Anita. Hon grävde sakta ner sig i en grop i den djupa snön. Kanterna byggde hon höga så att blåsten inte skulle kyla ner henne mer än nödvändigt. Det såg ut att vara snömoln på väg så det gällde att kunna hålla ut, det var inte bara Lisas gevär som kunde döda Anita här ute, kölden var i längden en ännu värre fiende.

I den lilla snöspringan mellan stenarna så såg Lisa genom siktet mot träden. Hon kramade sakta avtryckaren och sköt. Kullan gick in genom barken och fastnade sedan i björkens trä. Lisa hade hoppats att Anita skulle ge sig till känna efter skottet, men Lisa såg inga rörelser. Medan hon låg och kikade mot björkarna så kände hon den första snöflingan falla på kinden. Hon låg kvar och tittade, förutom snöns tilltagande nedfall så var det inga synliga rörelser så lång hon kunde se. Hon unnade sig att le åt den absurda situationen, detta var det yttersta dödläget.

Direkt Anita hörde smällen tryckte hon sig ner i snön så djupt hon kunde, när sekunderna av tystnad hade gått så kikade hon sakta upp. Det låg lite bark framför björken. "Såg hon en lucka och sköt eller ville hon bara skrämma mig", tänkte Anita. Rädslan kom oväntat, redan före hon mördade Hilding hade hon förberett sig på att åka i fängelse eller dö. Det var priset hon hade varit beredd att betala. Men nu när hon låg i snön bakom träden så kunde hon bara tänka på hur nära hon varit att komma undan. Hon kunde flytt utomlands när hon upptäckte att de var henne på spåren. Snön seglade ner medan Anita låg bakom träden och förbannade sin situation.

Snöfallet gav Lisa en idé, den var riskabel, men hon trodde den skulle fungera. När hon tittade sig omkring så insåg hon att ryggsäcken som stack upp var det enda som Anita såg av henne. Lisa skottade med händerna upp en liten kulle av snö som hon försiktigt flyttade ryggsäcken till. "Anita borde inte upptäckt något". Hon började sedan decimeter för decimeter gräva ut en ränna rakt bakåt i fortsättningen på linjen mellan träden Anita satt bakom och stenarna som Lisa låg bakom. På så sätt kunde hon förhoppningsvis förflytta sig rakt bakåt utan att Anita upptäckte något. För upptäckte Anita vad som höll på att ske kunde hon antingen själv fly bortåt skogen utan att Lisa skulle märka något eller ställa sig upp och få en bra skottvinkel på Lisas rygg. Efter en kvart så var Lisa framme vid första målet, en liten ansamling av träd, eftersom hon inte blivit skjuten så hade Anita antingen flytt åt andra hållet eller inte upptäckt något. Lisa låg kvar och kikade mot träden, inga rörelser syntes till. Hon drog då upp sin vita jaktjacka över sig igen och började gräva sig långsamt mot en stor sten som stod några meter bort. Hon kom fram utan att något hände, tittade mot Anitas björkar igen utan att se antydan till rörelse. Nu kröp hon något snabbare rakt bakåt till en till trädansamling. Hon såg att hennes ryggsäck började bli lätt översnöad, "gäller att öka farten före Anita förstår vad som är i görningen". Nu kröp hon med allt högre fart i en vid båge mellan träd, upphöjningar i snön, stenar, dolda vinklar. Efter en lång stund hade hon lyckats krypa så pass långt att hon nu befann sig snett bakom Anitas träd. Hon kröp nu långsamt närmare, hon såg hela tiden till att ha vapnet framför sig och riktat mot träden. Lisa hade ännu inte sett Anita, men hon förstod att hon låg i gropen bakom träden. Hon började sakta närma sig och kände hur pulsen steg. Det fanns olika sätt att gå vidare på och Lisa visste inte vilket som var det bästa. Hon kunde skjuta rakt in i gropen och hoppas att hon träffade rätt, men eftersom hon bara hade ett skott i magasinet tvingades hon då ladda om före hon kunde skjuta igen. Det var en lång tid utan laddat vapen om Anita förstod vad som hade hänt. Alternativet var att ligga kvar och hoppas att Anita reste sig upp så att Lisa fick en bra skottvinkel. Hon beslutade något sorts mellanting, hon la sig vid ett träd ungefär tjugo meter snett bakom Anitas grop, hon lät geväret ligga med siktet åt rätt håll. Sedan så plockade hon så tyst hon kunde fram två kulor och la dem på snön bredvid sig. Efter lite funderingar fram och tillbaka bedömde tillslut Lisa att Anita låg ganska djupt ner i gropen. Hon siktade därför ganska djupt ned, men inte så pass djupt att hon riskerade att träffa marken.

Anita frös så hon skakade när hon borstade bort lite snö så att hon återigen fick fri sikt mot stenen som hon trodde Lisa låg bakom. Lisas ryggsäck började bli översnöad. "Hon kanske fryser värre än mig, verkar som att hon inte lyckats gräva ner sig lika bra". Det var något som inte stämde med bilden hon hade framför sig, men Anita var för trött och frusen för att komma på exakt vad det var. "Varför gräver hon inte ner sig i en grop så att hon också får skydd mot kylan och vinden? Hon kanske är för rädd för att röra sig". Adrenalinet, kylan och blodförlusten gjorde att hon inte såg den riktiga förklaringen. När hon låg där och funderade hörde hon Lisa skjuta ännu ett skott. Av reflex tryckte hon sig djupare ner i gropen. Sekunden senare kom smärtan, hon var träffad i magen. Hon kämpade för att inte skrika. Kulan hade tagit ytligt i magen så inga tarmar hade skadats, men däremot kände hon hur blod sipprade ut och värmde huden närmast såret. "Hur lyckades hon få in det skottet, visade jag mig tillslut", tänkte Anita och kikade återigen genom den smala springan varigenom hon såg ryggsäcken. "Förstår inte hur hon kunde se mig", tänkte Anita. Möjligheten att överleva rann ut i samma takt som Anitas blod rann ut ur hennes kropp. "Jag måste skjuta mig fri och sedan snabbt ta mig till en stuga för att lägga om såret, ligger jag kvar här kommer jag tillslut tappa medvetandet". Hon beslutade sig att satsa allt på ett kort, hon skulle ställa sig upp och skjuta genom den smala gluggen. "Lisa måste haft någon glugg att skjuta genom, ser jag den kan jag skjuta i den", tänkte hon. Anita reste sig till knästående, hon fick en liten annan vinkel som gjorde att månljuset reflekterades i den gång som Lisas gevär tidigare hade legat i. Anita siktade in sig och tryckte på avtryckaren. Kulan gick perfekt in i gången och träffade just under ryggsäcken. Hade Lisa legat kvar hade kulan träffat henne i pannan. Samtidigt som Anita tryckte in avtryckaren så hördes ännu ett skott. Den här gången hann inte Anita tänka något när kulan träffade henne, för den gick in genom tinningen och när den passerade ut ur skallbenet så var Anita redan död.

Kapitel 56
Söndag 30:e november

"Fokusera på leden, håll dig på den så går allt bra". Stefan var en ovan skoterförare och kämpade för att hela tiden hålla sig på skoterspåret. När han svängde förbi en kulle nära Lill-Stalofjället var det något som han skymtade i ögonvrån, han fick en känsla av att det var viktigt och stannade skotern. Han kunde inte säga vad det var som hade fått honom att stanna, men när han klev av skotern såg han tydligt att det låg något i snön bland stenarna. När han kom närmare såg han att det var Cecilia som låg i en stor blodpöl. Han kastade sig på marken bredvid henne och skrek rakt ut. Trots allt blod hoppades han för allt vad han var värd att hon levde, han satte sig på knä och försökte hitta hennes puls på handleden. Han försökte länge men fick tillslut ge upp. Han lyckades släpa Cecilia fram till skotern, väl där la han uppe henne bakom sig och körde iväg. Tankarna flög genom hans huvud, Anita var en kallsint massmördare som mördat Cecilia. Lisa försökte på egen hand jaga Anita "Vad har vi gett oss in på".

Med jämna mellanrum tittade Stefan på sin mobiltelefon efter mottagning. När han närmade sig Storuman så fick han tillslut se plupparna dyka upp på telefonen. Han ringde till polisen men pratade så osammanhängande att det var svårt att förstå vad han sade. När han lugnade ner sig så kunde han förklara sig tydligare. Trots det hade växeltelefonisten svårt att tro på det Stefan sa, efter en kort diskussion kom de fram till att det bästa var om han blev vidarekopplad till Umeå polisstation som trots allt var tvunget att vara samordningsstation för en så stor operation som Stefan begärde. Stefan insåg att växeltelefonisten trodde att han var en galning och valt att lämna över problemet till Umeå. Stefan hade tur när han kände igen rösten som svarade, det var en av poliserna som hade varit med under gisslantagandet av Joakim, "eller snarare mordet på Joakim", rättade sig Stefan. Polismannen både hörde och trodde på det Stefan sa. Polismannen sa att han skulle se till att en polishelikopter kom upp, att vägspärrar sattes upp.

– Vi kommer att fånga henne, sa polismannen
– Jag hoppas verkligen det, jag kommer aldrig förlåta mig själv om Lisa dör

Polismannen beordrade efter det Stefan att ta Cecilia till Forsmark där en ambulans kunde möta upp. Så länge inte Cecilia hade dödförklarats av en läkare levde hon och polismannen tvivlade starkt på Stefans kompetens att bedöma sådana saker.

Ambulanspersonalen tog snabbt in Cecilia i ambulansen, satte en nål i vardera arm, la på henne två filtar och körde blåsljus hela vägen. När de anlände till sjukstugan stod ett akutteam redo. Under tiden som Stefan berättade vad som hade skett så skar personalen upp kläder och la Cecilia på en uppvärmd brits med värmelampa ovanför. En undersköterska sa till Stefan att han gärna fick vara kvar i rummet men i så fall fick sätta sig på stolen vid väggen.

– Luftvägar okey, sa läkaren som ledde arbete
Under tiden som läkaren undersökte andningen så sa en sjuksköterska
– Blodtryck 50 över 30, temperatur 33,4 grader
– Svaga men rena andningsljud bilateralt
– De två nålarna har gott flöde
– Koppla två liter uppvärmd Ringer-Acetat, maximal flödeshastiget
– Palpabla pulsationer över carotis men inte över radialis. Takykard. Patienten har anemi och behöver skyndsamt blod tills vi kunnat stoppa blödningskällan

Stefan hade svårt att hänga med i vad som hände men hade förstått det viktigaste, Cecilia var inte helt död. Att anemi betydde blodbrist visste han, men resten var svårt att förstå.

Han försökte lugna sig med att de som arbetade i akutrummet såg väldigt professionella ut.

- Identifierat stort sår vänster lår. Kranium, bröstkorg, bäcken utan yttre anmärkning. Ta fram splinter för att stabilisera låret. Lägg sedan på kraftigt tryckförband

En splinter lades för att räta upp Cecilias ben. Ett tryckförband stoppade blödningen. Efter mycket samtal som inte Stefan hade förstått så backade läkaren ifrån sängen.

- Är hon död, frågade Stefan förtvivlat
- Nej, det är hon inte, men hon är kraftig nedkyld och har tappat mycket blod,
- Men varför slutar ni om hon lever
- Vi slutar inte, vi har gjort de saker vi behöver göra just nu, nästa steg är att sakta värma upp henne samtidigt som vi ger blod och går igenom alla labbparametrar igen. Eftersom vi arbetar på en sjukstuga kan vi inte rulla iväg henne till någon intensivvårdsavdelning, det här är det mest avancerade rummet i sjukstugan och här ska hon ligga tills hon blir stabil nog att åka ambulans till Lycksele

"Det finns ett hopp i alla fall", tänkte Stefan.

Kapitel 57
Söndag 30:e november

Lisa gick fram till den döda kroppen. Hon trodde det skulle kännas mycket mer än vad det gjorde. Men hon var känslokall inför den människa som låg död framför henne. "Hon förtjänade det mer än någon annan jag någonsin träffat". Efter några minuters väntan bestämde Lisa hur hon skulle göra. Hon kastade ner alla Anitas saker ner i gropen och skottade sedan över allting. Sedan tog hon sin ryggsäck och började vandra tillbaka till mot stugan. Snön tilltog och hon fick kämpa för att ta sig tillbaka till stugan. När hon hörde ljudet från skotrar tittade hon ut och fick se att det var polisen som kom. Lisa gick ut på bron och höll upp händerna för att inte se hotfull ut. Polisen frågade henne vad som hade hänt.

– Jag tappade bort henne i snöovädret, sist jag såg hennes spår gick hon ditåt, sa Lisa och pekade åt helt motsatt håll
– Då blir det svårt att hitta henne, vi måste vänta tills vädret blir bättre och helikoptern kan hjälpa till

Lisa fick åka med tillbaka till sjukstugan.

När Lisa klev in i sjukstugan så kom Stefan gråtandes och mötte henne.
– Du lever, du lever
– Det gör jag min älskade
– Jag var så rädd för din skull
– Det behövde du inte vara, men jag tappade tyvärr bort henne
– Det gör absolut inget, bara du är här

De kramade varandra. Tillslut sa Stefan.
– Jag hittade Cecilia bland några stenar, Anita hade skjutit henne
– Nej, skrek Lisa

- Men hon är inte död, skottet träffade i låret, de ger henne blod och försöker värma upp henne
- Vart är hon
- Hon ligger i akutrummet, jag kan visa dig

När de kom in på akutrummet var det betydligt mindre personal än vad det var när Stefan hade gått ut.

- Hur går det, frågade Stefan
- Det går bra efter förutsättningarna, vi har stoppat blödningen och ersatt allt blod. Om hon inte fått för svåra förfrysningsskador kommer hon kanske att överleva, men det är för tidigt att säga något mer. Vi håller på att förbereda en ambulans att köra till Lyckseles intensivvårdsavdelning. Det bästa hade såklart varit en ambulanshelikopter, men vädret tillåter inte det

Stefan och Lisa ställde sig vid britsen.

- Hej, vi finns här för dig, vi ska hjälpa dig

Cecilia låg väldigt fridfull på britsen, det påminde Stefan om när han hade sett sin mormor i kistan på begravningen. Han försökte slå bort tankarna. När ambulansen körde iväg så stod Stefan och Lisa och höll om varandra.

De åkte efter ambulansen. Under färden så förklarade Lisa översiktligt vad som hade hänt.

- Vi måste gömma kroppen, jag vill inte hamna i någon rättegång, antingen åker jag dit eller så räknas det som självförsvar och då kommer jag bli någon sorts kändis. Båda alternativen känns väldigt dåliga
- Jag måste fundera lite bara, allt kommer så plötsligt

Stefan dividerade fram och tillbaka. Det kändes fel att gömma kroppen, men han ville absolut att Lisa skulle slippa rättegång. Kärleken fick gå före lagen.

- Jag hjälper dig, säg bara till vad jag ska göra

Cecilia var fortfarande medvetslös när Lisa, Stefan, Hjalmar och Moa kom in till henne på intensivvårdsavdelningen.

Läkarna sa att Cecilia troligen skulle överleva, men det var svårt att veta vilka skador hon hade fått. Alla fyra turades om att vaka bredvid henne.

Två dagar gick utan att Cecilia vaknade upp. Läkarna sa att alla värden såg bra ut och att läget inte längre var kritiskt. Nu kunde man bara hoppas.

Kapitel 58
December 2015

Den tredje morgonen så åkte Lisa iväg till Storuman. Hon förklarade för sina föräldrar att hon behövde fly undan några timmar, hon lånade skotern och åkte väg mot Stalofjällen. Hon åkte en stor omväg till dungen där Anita låg nedskottad. Hon tittade sig noga omkring med kikare. Lisa lindade försiktigt in Anita och alla hennes saker i tre presenningar. Hon lade upp allting på skotern och åkte iväg till en skogsdunge någon kilometer västerut till. Lisa lade Anita på sidan med ingångshålet uppåt. Hon tog på sig Anitas handskar, tog sedan hennes gevär och siktade länge i samma hål som hon skjutit föregående gången. "Det är bara som att skjuta en älg, det är ingen skillnad". Efter skottet lät hon geväret falla rakt ner. Hon tittade sig omkring, det var inte optimalt, men hade hon tur skulle ingen göra någon avancerad brottsplatsundersökning. Det första Lisa gjorde var att slänga in sina kläder i tvättmaskinen och spolade av alla presenningarna. Hon återvände samma kväll till Lycksele.

Ovädret fortsatte i två dagar till och man hittade inget spår av Anita. Nyheten om hennes flykt toppade alla nyhetssändningar och spekulationerna gick vilda. Hur kunde en välfungerande samhällsmedborgare helt plötsligt försöka mörda tre vänner och sedan fly landet? Hur kunde polisen misslyckas att fånga henne, var det på grund av inkompetens eller resursbrist? Hon var efterlyst i hela Interpools område.

Ytterligare två dagar senare var det Stefans tur att åka upp till Storuman. Han lånade skotern och åkte upp till skogsdungen som Lisa märkt ut på kartan. I hans febrila letande efter Anita så skottade han sönder hela området runt hennes viloplats. Han lyckades också skotta bort geväret så att det flög bort en bit. Han valde då att genast kontakta polisen. När han senare anlände till Anitas lik med polisen så såg de en enda uppskottad röra.

- Du har ju skottat sönder hela området, det kommer inte gå att hitta några spår här
- Menar du det
- Det är inte ditt fel, du hittade henne och det var bra, men jag önskar bara att du hade tagit det lugnare när du väl hittat henne
- Det var rackarns otur

På kvällen hade Cecilia blivit flyttad till en vanlig vårdavdelning. Hon var fortfarande medvetslös, men hon hade blivit stabil i sina vitalparametrar. När Lisa och Stefan satt i rummet så öppnades plötsligt dörren. En kvinna öppnade dörren.

- Hur mår hon, frågade kvinnan
- Hon lever, men hon är medvetslös
- Vet läkarna vad som kommer att hända med henne
- Inte ännu, vi kan bara hoppas att det går bra

Kvinnan började gråta.

- Ursäkta, men vem är du, jag har nog aldrig träffat dig
- Jag heter Olivia, jag är barndomsvän med Cecilia, vi var nära vänner när vi växte upp och nu sista året har vi återupptagit kontakten. Jag visste inte att hon var skadad förrän imorse, det hade bara stått om att Anita skottskadat en kvinna, jag hade inte förstått att det var Cecilia

Lisa berättade om vad som hänt, med undantag för vissa delar.

- Ursäkta om jag bara tränger mig på, men när jag förstod att det var Cecilia som var skadad insåg jag hur mycket jag tycker om henne
- Det är ingen fara, Cecilia mår bra av att ha personer hon tycker om runt sig, och jag har känslan för att hon tycker om dig väldigt mycket

Olivia rodnade.

De åt middag ihop på Cecilias rum. Haltande berättade de om sina olika liv.

- Nu ska vi nog gå till sängs
- Går det bra för er om jag sitter kvar
- Absolut, det mår hon nog bara bra av

När Lisa och Stefan gått så tog Olivia Cecilias hand. Hon grät.

- Förlåt att jag avvisade dig, insåg inte hur mycket jag tycker om dig. Jag var rädd

Olivia fortsatte att prata med Cecilia under någon timme. Men tillslut var det dags att gå. Hon reste sig fram och pussade henne på munnen.

- Jag tycker om dig väldigt mycket

Då tittade Cecilia upp och log ett matt leende. Hon slöt ögonen igen men leendet var kvar.